PSYCHO-PASS

上

深見真

MAKOTO FUKAMI

輕文學
Light Literature

目錄

「思想犯罪」不會導致死亡，因為「思想犯罪」就是死亡。

喬治·歐威爾《一九八四》

序章

巨塔屹立於虛矯的城市，「他」站在巨塔頂端。

槙島聖護坐在從頂樓延伸而出的鋼骨結構上。

強風呼嘯，長髮和衣服有如遊艇風帆在風中飄揚。風伸出無形的手想抓住男人，將他拖到地上，但是男人對強風毫不在意。即便在這個高度，稍一不慎就必死無疑，他臉上仍是連一絲恐懼也沒有。

他站在被系統所支配的東京的頂點，以進行實驗的科學家眼神低頭審視。

「若想深入了解人類，就不能只觀察人類，必須連人類注視的對象也得關注……」

槙島瞇細雙眼，喃喃自語。

「……你們在注視著什麼？」

他腳下的城市——東京中心地帶到處起火，隱約聽見警笛聲。

——我在看著你們。

——或許你們不相信，但我喜歡你們。

——常聽見一種說法：愛的相反不是憎恨，而是漠不關心。人們不會特地殺害或折磨不感興趣的對象。

——唉，我竟然在思考無聊的事。我在緊張嗎？也許我該中止這項行動？

「……開玩笑的。」

槙島微笑著站起身，在不安穩的高處張開雙手，嬉鬧似地搖擺一下身體，走進巨塔內部。

*

——覺得自己快瘋了。

狡噛慎也在心中嘟囔。簡直像為了尋找出口，在迷宮中東奔西走的天竺鼠一樣。以為是出口而衝向前，等待自己的卻總是另一個地獄的入口。要到何時，自己才能成為真正的獵人？狡噛一直期盼那個瞬間到來。

狡噛在鋼骨階梯上奔跑著。

他的手上握著主宰者。

距離塔頂已經不遠了。

登上最上層時，一名頭盔男襲擊而來。狡噛早就料想到了，早就知道這裡有「那名男子」的手下潛伏，一直以來都是如此，不先料理嘍囉就無法直取首領。狡噛異常冷靜——他不討厭這種感覺。訓練中流愈多汗，訓練後的冰水就愈甘美。「那名男子」就像是蛋糕上的草莓。

這座城市打一開始就是用幻影堆疊起來的，像迷宮，也像沙上樓閣。以顯像妝點而成的光鮮亮麗的完美城市。首都東京——宛如神殿的高樓大廈，二十四小時受到監控裝置監視的住宅區——簡直像主題樂園一樣健全而完整。而且，這座都市的完美程度是刻意保留某些「失敗」才得以成立。既然是都市營運團隊有計畫地加入的缺失，那些看似失敗的缺失自然也無損於其完美。

一座巨塔矗立於都市區，那是厚生省（註１）的本部——九連大樓。隨著能把人類心理與犯罪傾向數值化的「希貝兒先知系統」完成，厚生省也被賦予了極大權力。

不對，用「被賦予」來形容或許並不正確，而是權力主動朝希貝兒先知系統這邊靠攏了。

這座九連大樓可說是新世界秩序的象徵。在這個好不容易越過混亂的二十一世紀的西元二一一三年，連「西元」此一名詞是否仍具意義都有問題的時代。

狡噛在九連大樓最頂樓和對手廝殺纏鬥。頭盔男揮動工程用雷射鏈鋸偷襲，他的體格壯碩、臂力驚人，那種鏈鋸原本是多隆用的裝備，他卻能揮動自如。鏈鋸前端撕裂了狡噛左上臂和腹部的一小部分，傷口瞬間碳化，出血很少，但帶來劇痛。

「……該死！」

頭盔男用閃亮發光的鏈鋸朝狡噛連續揮舞。宛如鬥牛士一樣，狡噛以獨特步伐閃避刀刃。閃避之後，狡噛立刻對男人使出前踢，一腳踢開，保持距離，接著將主宰者的槍口對準男人。

『犯罪指數‧二四‧非執行對象‧扳機將鎖上。』

狡噛啐了一聲。

果然，受到頭盔影響，主宰者無法發揮作用，狡噛不悅地將主宰者收回槍套。頭盔男趁勢

註1：已廢止的日本中央機構，掌管醫療、社會保險等，二〇〇一年和勞働省再統合，成立厚生勞働省。

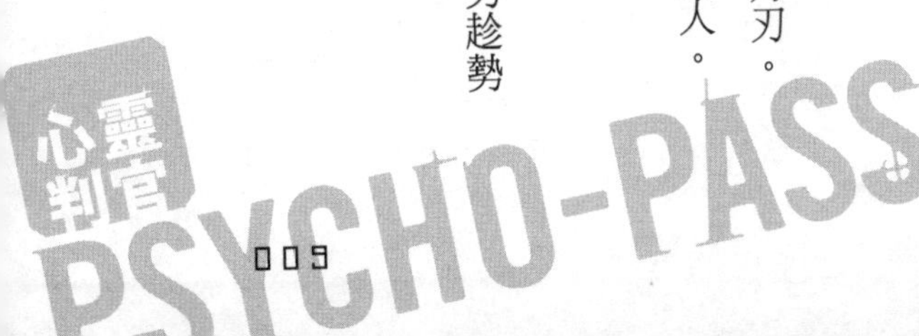

朝水平方向大大揮出鏈鋸，接著高舉過頭一刀揮下。狡噛勉強閃避掉，沒命中目標的雷射刀刃一個接一個砍斷管線或鋼骨，迸射出美麗的火花，碎片如雪花般紛紛飄落。

狡噛以輕巧的步伐衝入頭盔男的懷裡。即使扳機鎖上，堅硬的主宰者依然能發揮棍棒功用。狡噛全力用主宰者的槍口刺向男人鎖骨。「唔！」男人的反應很明顯，或許鎖骨斷了吧。狡噛接著朝男人的胸口──心臟──使出銳利肘擊。沉重的打擊聲響起，頭盔男踉蹌後退。緊接著，狡噛機械般精準的膝頂在男子的心窩上炸裂開來。男人的身體彎成「く」字狀，放開手上的雷射鏈鋸。掉落在地的鏈鋸刀刃一時之間迸發出激烈火花，不久，安全裝置自動啟動了。

狡噛用全身力量甩出右腳，加上腰部的扭轉，使出類似全力揮擊球棒的上段踢擊。劇烈的打擊聲響起，男人的頭部夾在狡噛的腳與牆壁之間，頭盔裝甲應聲碎裂，露出因猛烈蹴擊而痛苦扭曲的臉。男人搖搖晃晃地被逼到最上層的外緣。

狡噛再度從槍套中拔出主宰者。槍立刻變形成實彈槍，狡噛毫不猶豫地扣下扳機。殺人用的強力集中電磁波射入男子體內，男子的身體從內側爆炸，變成一團模糊的血肉散落在地。

「…………」

狡噛兩眼虛無地觀察附近。是習慣殺人者特有的虛脫感。

上方傳來一道清脆的腳步聲，留到最後享用的蛋糕上的草莓登場了。「那名男子」踏著螺旋階梯，從最上層的顯像發生裝置圓頂中下來。

「虧你還真能帶著那身傷來到這裡。」

他的態度從容不迫，踏著彷彿登上舞台的大牌演員般的步伐。見到他現身，狡噛內在的時間停止了。狡噛盯著對手，思考在凝固的時間中加速。男子在微笑，像宗教畫主題中的聖人一樣微笑。

狡噛被那個男人奪走過人生。男子或許會說「我不是故意的」吧，因為他那時根本沒注意過狡噛。但是，既然來到這裡，對方的想法也不再重要。狡噛必須取回被奪走的事物。男子是把狡噛從天竺鼠變成獵犬的元凶，也是迷宮的出口。

「你就是狡噛慎也嗎？」男子開口。時間再次動了起來。

「……而你，則是槙島聖護。」

透過分析人體生體力場的聲像掃描，人類能用機械裝置測量出人的精神狀態。只需看數值就能判定是好人或壞人，於是，犯罪指數的概念隨之誕生。只要犯罪指數超過規定值，就會被視為潛在犯而遭到逮捕並隔離，如此便能防範犯罪於未然。但是，這種做法也產生一種矛盾：

最適合處理高犯罪指數的人，是同樣高犯罪指數者。以毒攻毒，執行官於是誕生了。

狡嚙是一名執行官。

舉發潛在犯、徹底監控登記市民的壓力狀況、管理心靈指數的厚生省的巨大監視網路——希貝兒先知系統。

測量出來的精神狀態通稱為「心靈指數（PSYCHO-PASS）」。

希貝兒先知系統確立之後，因犯罪而死傷的人數大幅減少。人們讚嘆這座城市真的變成理想國，但看在狡嚙眼裡，這座城市不過是披著理想國外衣的迷宮；對槙島來說，這座城市則是理想國的諧擬。

第一章　犯罪指數

1

在常守朱即將從孩童成長為少女的時期，二十二世紀開始了。電視播報員老是宣導：「進入這個世紀後，『海外』早已崩壞，開拓世界人類的命運是我們日本人的職責。」人類文明的基座漸漸老朽。勞動價值異常減少，福利國家解體，僅占人口百分之一的富裕階層擁有比其他百分之九十九的庶民更多財富的二十一世紀。雖然比社會主義更長壽了點，但資本主義制度終究也無可避免地崩壞了，據說還能維持正常運作的國家只剩下日本。

他們從小被灌輸「這個國家很完美」的概念。這種完美有賴於希貝兒先知系統的運作。系統帶來的事物——完美性、永恆性、不變性。大人們常說：「我們生活在完美的社會。」這對朱的世代來說無疑是愉悅的。活在完美社會的他們，「只要心靈指數沒有問題」就什麼也不必擔心，這種想法在朱這個世代的孩子們心中甚至內化為潛意識，成為他們心靈的一部分。雖不確定是否能度過自己期望的人生，但只要順從希貝兒先知系統的指示，至少能迴避悲慘的人生。

今天是朱身為公安局監視官刑警上任的第一天。她本來打算去本部報到，可是臨時接到前輩監視官的電話，要她直接到案發現場。有事件發生了。就算去本部，同一分隊的人也不在，反正遲早都要參加「實戰」，臨危上陣倒也沒什麼不好。因此，朱先搭計程車到案發現場附近，再徒步前往。這天下著冰冷的小雨，但雨勢沒大到必須撐傘。雨天的東京除了有屋頂的地方外，幾乎所有顯像裝飾都會關上，給人比平時更冰冷的印象。

三次元立體顯像系統採用高速反覆、高強度、超高功率的高聚光雷射技術製成。雖然利用這種技術進行的「無心靈負擔的都市環境開發」剛發表時沒人看好，無不認為「環境顯像不可能流行」，但不知不覺間已經完全為市民所接受。從時尚到室內裝潢，立體顯像技術滲透到生活的各個角落。

朱第一次來到離廢棄區域這麼近的地方，事件的發生現場就在廢棄區域裡。這座城市的完美是基於「隱蔽」不完美的要素才得以成立，但是考慮到治安良好與生活便利，這種程度的矛盾倒也不是無法接受。由於廢棄區域本來就有厭惡希貝兒先知系統的人們聚集形成的一面，所以政客們也毫不諱言政府不援助這些人是他們「自作自受」。

雖然朱對廢棄區域的現況不怎麼滿意，但如果希貝兒先知系統產生問題也很頭痛。「希貝兒」從朱出生以來就存在了，是支撐社會架構的牢靠系統。一想到自願選擇在這個架構之外的廢棄區域的人們，朱就有種說不出的哀愁感。

髒亂不堪的足立區廢棄區域瀰漫著一股腥臭氣息。這片住宅密集地帶的外觀，就像亂無章法地將房子堆疊在一起，也像是某種老舊工廠——不，或許以前真的是工廠吧，有些地方還可見到裸露的配線與管線。紛紜雜沓，就像失去女王的蜂窩。到處傳來食物的氣息，這是在外頭絕不可能碰見的情形。

在這樣的廢棄區域裡，某個地帶被大量配戴公安局徽章的多隆給封鎖了。這種全長約一百六十公分，彷彿在合金製筒狀物體上加裝攝影機頭部的機器人，通稱巡邏多隆。一部分巡邏多隆披上公安局吉祥物「小科米沙」的顯像裝扮，站在道路中央進行廣播：

『這裡是公安局刑事課。為了安全起見，目前這個地區禁止進入，請附近居民迅速離開。重複一次，這裡是——』

朱身高平均，留著一頭俏麗短髮，上教育課程時（令人不甘心地）常被誤認為少年。由於今天是第一天上班，她沒穿顯像裝扮，特地穿了一身真正的套裝來，但現在已被雨水淋濕，正深深感到後悔。

廢棄區域的居民和一般市民構成的圍觀人牆，一臉狐疑地望著封鎖現場的巡邏多隆。朱數度笨拙地撞到他人肩膀，好不容易才撥開人牆、走進現場，對著擋住去路的巡邏多隆取出顯像身分證。

『已確認・公安局刑事課・常守朱監視官・請進。』

朱緊張地環顧四周，不久發現停在巡邏多隆之間的偽裝巡邏車，和站在車旁、貌似公安局刑警的人物。朱走到他身旁，那個人看起來明顯是在等人。

「請問監視官宜野座先生──」

「我就是。抱歉，剛上任就叫妳到第一線參與搜查。」

宜野座伸元是朱的監視官前輩。朱向他行了個禮說：

「我是今天剛上任的常守朱，請多指……」

話還沒說完，宜野座就插嘴道：

「抱歉，由於刑事課人手嚴重不足，沒辦法把妳當新手看待。」

「我……我明白了……」

宜野座身材高眺、四肢修長，一副活像是踏上厚生省顯達之路的樣板菁英模樣，臉上戴著近來很少見的眼鏡。在這個時代只要動個小手術就能恢復視力，義眼的性能也很高，除了時尚方面的考量，幾乎沒人配戴眼鏡。

宜野座左手戴著手環型行動情報裝置，朱也配戴了相同的裝置。

這是一種配給公安局刑警的高性能行動情報裝置。只要將手心翻向上，動動手指，就能投影出顯像鍵盤，不管身處何地都能使用。除了標準的通話功能，還能傳輸資料、收發郵件、與公安局的電腦或監視系統連線、遠端控制公安局多隆、記錄物證、簡易鑑識……功能多到數也數不清。

宜野座熟練地操作手環型行動情報裝置，以顯像方式秀出事件資料。朱注視顯像畫面，畫面中顯示出一名其貌不揚的中年男子的大頭照與資歷。

「這次的目標名叫大倉信夫，在虛擬實境運動經營公司上班。因為沒通過街頭掃描器的色相檢查，被維安多隆攔下，要求他接受心理治療，但他拒絕並逃亡了。根據掃描器的紀錄，他的心靈指數色相為森林綠，推測具有高度攻擊性與強迫症。」

色相是聲像掃描對精神「健全度」的檢查中最顯而易懂的標準之一，僅靠街頭攝影機或體溫計般的機械就能輕易檢查出來。精神狀態愈穩定，色相就愈接近透明白色，愈不穩定便愈濃稠汙濁。

「他怎麼會拖到色相這麼混濁還不接受治療……」

「他可能服用了體能強化田徑選手的藥物。總之，不用測定犯罪指數也知道是潛在犯。」

體能強化田徑賽——追求百米競走七秒紀錄的極限世界。這些選手使用的基因禁藥或合成類固醇激素等，禁止在市面上流通與使用。

雖然色相檢查瞬間就能完成，犯罪指數檢測卻很花時間。相較於色相——精神狀態的檢測，犯罪指數更關乎一個人的真正價值，所以被大量職能判定或健康管理分析占去工作排程的希貝兒先知系統無法即時處理。

希貝兒先知系統所負責的畢竟只是「資料分析」，進行「檢查」、收集資料則是各地掃描器的工作，而且，不是所有監視系統都與希貝兒先知系統直連。

「麻煩的是，大倉逃進的這個廢棄區域裡沒有中繼器，多隆無法進入。而且，據說大倉在逃亡過程中，挾持了一名行人當人質。」

「人質……？」

「根據目擊者的證詞，人質是名年輕女性，身分尚未確認。」

宜野座從偽裝巡邏車的副駕駛座上取出刑警用攻堅外套和槍套拋給朱。攻堅外套可防彈，耐衝擊。朱將槍套掛在腰帶上，穿上外套。

「居民撤離了嗎？」

「這裡登記上是無人地區，實際上已成遊民聚集地。妳最好有心理準備。」

這時有另一輛車抵達，是一輛散發異常厚重感、窗戶以鐵格子封死的裝甲廂型車。看見這輛車，朱不禁喃喃說出誠實的想法：「……戒護車？」

「勸妳別把待會兒見到的傢伙同樣當成人類來對待。」

宜野座望著剛抵達的裝甲廂型車，語氣冷漠地說。

「……這群人的犯罪指數超過規定值，人格有嚴重缺陷，原本應該被當成潛在犯隔離起來，唯一被許可的社會活動，就是追捕同樣身為犯罪者的職責。」

裝甲廂型車行駛到宜野座的偽裝巡邏車旁停下。

「他們是獵犬，專門狩獵畜生的猛獸。這就是執行官，妳將率領的部下。」

身為潛在犯的執行官，即使在事件搜查中也不能放任其自由行動。身為厚生省官員的監視官的職責就是掌控他們的行動。

裝甲廂型車的後車門打開。厚重得可笑的車門彷彿河馬嘴巴，四名男女懶洋洋地從中魚貫下車。三名男性一名女性，他們的臉上表情一律缺乏緊張感，踏著幾近蠻橫的我行我素步伐，一個接一個走到宜野座身旁。這群人的動作與表情有個共通點：「對活著這件事早已感到疲憊，卻仍有必須完成的目標」——充滿了倦怠、與義務感相抗衡的氣氛。

另一個共通點是手上的行動情報裝置。他們的裝置更為粗厚，與其說是手環，不如說是手銬。這是為了在他們逃亡時能追蹤，無法輕易取下。

三名男性執行官的外貌與年齡各不相同。

其中一名是剛步入老年的男性。他的嘴唇有刀傷，左手已經換成機械義肢，在三人之中十分醒目。

另一名年紀很輕，有著少年般的外貌，表情卻無可愛的稚氣，閃爍的眼神和略大的嘴巴讓人聯想到凶暴的山貓。

第三名男性的年紀看似比朱大了幾歲，擺著一張臭臉。由於剛認識，朱不清楚他只是湊巧心情不好，抑或總是這副表情。男子的頭髮凌亂，眼神銳利如白刃，舉手投足都充滿柔韌感——朱覺得甚至太過銳利了。假如這名男子是刀刃，說不定連刀鞘都會被割開。

執行官中唯一的女性十分瀟灑，和褲裝非常相配。她的眼神堅定，嘴唇緊閉。即使全身包裹在衣服裡，也看得出她的身體經過一番鍛鍊。看在同為女性的朱眼裡，只覺得她非常帥氣。

「……那位可愛的小妞就是傳聞中的新人嗎？宜野小哥。」

少年外貌的執行官輕浮地說。

「她是常守朱監視官，從今天起是你們第二位飼主。」

「請……請多多指教……」

朱的問候似乎沒傳入任何人耳裡，從執行官之間穿過，消失不見。

「你們都看過目標的資料了吧？我們待會兒要甕中捉鱉。分成兩隊，依序進行。控制住的地區便裝配中繼器，讓多隆拉起封鎖線。」

兩架裝備運輸多隆從裝甲廂型車上分離出來。這種多隆的大小與重型機車約略相同，整體呈現方形，外觀設計類似相機。多隆朝向他們接近，一架在宜野座等人面前打開貨櫃，裡頭收納了三把特殊手槍。

檢測犯罪指數很花時間——但是，唯有一種例外存在。

就是這把特殊手槍「主宰者」。

「六合塚和縢跟我來，另外兩人……就跟著常守監視官吧。」

「了解。」

唯一的女性執行官是六合塚，最年輕的是縢。

「咦咦？我想跟可愛的小妞同隊啦～」

宜野座對滕的輕浮發言充耳不聞，從裝備運輸多隆上取出主宰者，直接走入廢棄區域。

「宜野小哥太認真了。」

「是你太輕浮。」

滕和六合塚各自取出自己的主宰者，跟在宜野座身後離去。

「呃……」現場只剩下自己一名監視官。兩名執行官的壓迫感令朱不禁感到退縮。「……請問……我該做什麼才好……？」

「這傢伙是狡噛慎也，我叫征陸智己。請多指教，小姐。」

年長的執行官面帶微笑自我介紹，還告訴朱另一個人的名字。

為了記住兩人的名字，朱在心中複誦：年約半百、手是義肢的是征陸先生，氣勢銳利、彷彿連刀鞘都會刺穿的是狡噛先生。

「只要妳命令我們『在這裡等宜野座回來』，就什麼問題也沒有。」

征陸說。因為語氣過於自然，朱一時之間沒發現他在開玩笑。

「別想坐領乾薪啊，大叔。」

狡噛走向另一架裝備運輸多隆，取出主宰者。

「呃，那個……」

「用不著那麼緊張。小姐，妳會用主宰者吧？」

征陸邊說邊拿起自己的主宰者。

「在……在研修時學過……」

「這把手槍能偵測瞄準對象的心靈指數，只有偵測對象是潛在犯的情況才會解除保險。基本上，只要對能開槍的對象迅速開槍就沒問題。」征陸說。「基本模式下只是麻醉槍，被打中頂多動彈不得，犯人便能束手就擒，事情也圓滿落幕。很簡單的，用不著想太多。」

「喔……」

朱仍是一頭霧水，怯怯地從裝備運輸多隆拿起最後一把主宰者。握住握把、從車上拔出的瞬間，主宰者的介面突然啟動，朱聽見合成機械聲快速地說明。

是的，槍主動對她訴說了。

『攜帶型心理診斷・鎮壓執行系統・主宰者・啟動完畢・使用者認證・常守朱監視官・隸屬公安局刑事課・確認使用許可・為合格使用者・現在執行模式・非致命・麻醉槍・請冷靜瞄準・使目標失去抵抗能力。』

「那是指向性聲音，只有握住的人才聽得見，不用太在意。一開始會覺得有點吵，很快就

會習慣了。」

原來如此，只能習慣了——朱將主宰者收入槍套。

「不做簡報嗎……？不用討論待會兒的行動步驟嗎？」

「我們獵捕獵物，妳監視我們。這樣就夠了。」

狡噛直截了當地說。

「不，我是想問，具體而言我該做什麼……」

「總之交給我們吧，我們可是專家啊。」

征陸面帶笑容，似乎想掩飾什麼。那個「什麼」卻讓朱感到不安。

「我們有我們的規矩。」狡噛冷漠地說。「但是要負起責任的人，是身為監視官的妳。妳如果對我的做法不滿，就用手上那把槍對我開槍吧。」

「咦……」

「我們和目標一樣，都是潛在犯。主宰者會啟動的。」

狡噛說完，逕自走入廢棄區域。

「我們也走吧，總不能放他一個人離開。」征陸苦笑說。

「說……說得也是。」執行官們的我行我素讓朱感到困惑。

「雖然態度不怎麼客氣，但他剛才說的那番話並沒有錯。如果有什麼萬一，小姐甚至得開槍阻止我們。這就是監視官的工作。如果想平平安安地完成監視官的任期，並且出人頭地，就將接下來這段話謹記在心吧：自己的安全由自己守護，假如覺得無法勝任，就全力思考怎麼樣避開麻煩。」

2

廢棄區域某辦公大樓四樓，某間被棄置的髒亂房間裡，被脫得只剩內衣的年輕女性——島津千香虛弱地躺在地上。大倉信夫盤腿坐在她身邊。千香兩眼紅腫，遭毆打無數次的臉龐青一塊、紫一塊。大倉的眼神空洞，著魔似地用打火機烘烤手上的刀子。

「……我啊，自認在今天之前活得比別人更認真。」

大倉以欠缺起伏的語氣說道。

「我不惹別人生氣，不給人添麻煩，膽顫心驚地努力活到現在。可是……僅僅一次沒通過街頭掃描檢查，就被當成罪犯，這未免太過分了吧？妳不認為嗎？」

「求……求求你，不要……」千香虛弱地呻吟。

「所以，至少最後讓我做想做的事，應該不為過吧？」

大倉踢了千香的肚子一腳，千香哀號。大倉接著用腳底踩住千香，使她動彈不得，然後用加熱過的刀刃淺淺在千香側腹劃了一刀。皮開肉焦，散發出異臭。哀號聲逐漸淒厲起來，大倉滿足地點了好幾次頭，用沒拿刀子的另一隻手摩娑自己胯下。

3

征陸在廢棄區域的巷子裡前進，朱跟在他背後，兩人均配戴小型無線通信裝置。先走一步的執行官——狡嚙，完全失去蹤跡。

「狡嚙先生走去哪了……？」

「…………」

征陸手指貼在唇上，示意「安靜」，然後用手勢指示分頭搜索。

朱乖乖依照征陸的指示，但走了幾步後，把頭扭向一邊感到疑惑。現在誰是長官，誰是部下？沒錯，征陸的年紀較長，但身為潛在犯的執行官和厚生省官員的監視官之間，地位有著天壤之別。不對不對，慢著慢著，事關人質性命，不是思考地位的時候——朱如此告訴自己。

朱悄悄從轉角處觀察對面。

「唔！」她在巷子角落發現躺在地上的人影，連忙用主宰者的槍口對準。那只是一名在打盹的遊民。

『犯罪指數・未達六〇・非執行對象・扳機將鎖上。』

是主宰者的指向性語音。

「……呼……」朱放下主宰者的槍口，垂下縮起的肩膀，深呼吸一口氣。從另一頭繞了一圈過來的征陸和她會合，重新走在她前面，朝內部前進。

這時，朱衝動地用槍口對準征陸的背部。

『犯罪指數・超過一二〇。』

「——啊。」

『刑事課登記執行官・為任意執行對象・保險裝置將解除。』

朱一副看到討厭東西的表情，把槍口放下。

——沒想到征陸先生真的是潛在犯。笑容明明很溫柔，談吐也很正常……

「我聽說過小姐妳的傳聞喔，聽說妳在訓練所的成績總是拿第一名？」

征陸頭也不回地說。

「呃，嗯……」

朱不好意思地搔搔頭。只不過——

「勸妳將那裡教的事全部忘記比較好。那些知識在第一線什麼用也沒有。」

征陸一副「大家都知道這個道理」的模樣，斬釘截鐵地說。

「不會吧……」既然如此，幹嘛要訓練？

「妳覺得很沒道理嗎？」

「是的。」

「但很遺憾，我們的工作本來就毫無道理可言……這年頭，不管人們心中想著什麼、期望什麼，機械都掌握得一清二楚。沒錯，導入希貝兒先知系統之後，犯罪數大幅減少，但是怨恨他人，想欺騙、傷害他人的傢伙卻仍多得數不清。由於刑警的數量遭大幅裁減，結果還是一樣人手不足。這座城市明明是理想國，犯罪卻從未減少，我們這種人也被當作牛馬奴役。如果這不叫沒道理，什麼才是沒道理？」

「…………」

朱什麼話也回答不了。她壓根兒沒想過會在事件現場聽到這番話。

「妳受到的教育全是理論上的空談，我相信妳很快會知道那些大道理有多麼無意義。總之，做好心理準備吧。啊，不過……在訓練所裡密集訓練過的逮捕技術或基礎體力訓練還是有點幫助，我不該要妳『全部忘記』的。」

「我──」

朱正想回答時，無線耳機傳來通信。

兩人停下腳步，集中精神在通信上。發信者是滕。

『這裡是獵犬四號，發現目標了。接下來該怎麼做？』

廢棄大樓四樓，躲在八公尺外的隱蔽處的滕，確認了拚命用手腳抵抗的女性和想辦法壓制她的大倉，並成功用行動情報裝置拍下人質的臉。雖然受到毆打的臉部腫得很厲害，但和公安局資料庫裡的資料比對過後，能夠確認那名女子是「島津千香」沒錯。這項情報立即為全體監視官、執行官所共有。

『好，別移開視線，我和獵犬二號去進行包圍。』宜野座透過耳機做出指示。獵犬二號是六合塚，獵犬四號是滕。

「……我很懷疑是否有時間等候包圍喔。大倉手裡有刀子，拳打腳踢的力道又狠，人質似乎快撐不住了。」

彷彿要證實縢的話一般，鼻子被猛踹一腳的千香發出淒厲的慘叫聲。

宜野座的咂嘴聲傳入縢的耳裡。

「我覺得我自己一個人也沒問題……可以上嗎？」

『……好吧，別失敗了。』

「了解～」縢用主宰者的槍口對準大倉。

『犯罪指數．超過一九〇．為執行對象．保險裝置將解除。』

「哎呀呀，真是個壞孩子。」

縢仔細瞄準後，扣下扳機。瞬間，一道閃光從主宰者的槍口朝大倉射出。是麻醉槍，能使中樞神經麻痺的光束在大倉身上炸裂。

「哇啊！」大倉發出野獸般的吼叫，痛苦掙扎。

但是，他並沒有立刻昏厥。

「咦？」

發現狀況有異的縢立刻奔向前去，但是大倉扛起虛弱無力的千香，用她的身體當肉盾，撞破窗戶，逃出室外，一躍而下。他在空中彷彿游泳般揮動手腳，落在隔壁大樓的逃生梯上。

『獵犬四號，你在幹什麼！』

「麻醉槍沒有效！那傢伙真的吃了禁藥！」

這時，縢手中的主宰者發出警告聲。

和縢的主宰者共有情報，在巷子裡搜索的朱和征陸的主宰者也發出警告聲，接著開始變形。朱嚇了一跳，有種自己手上的槍變成某種小動物的錯覺。

『目標的威脅判定已更新・執行模式・致命・實彈槍・請慎重瞄準，處決目標。』

主宰者展開裝甲，散熱板及電磁波放射裝置也跟著展開。原本形似大型手槍的主宰者，瞬間變成彷彿連堅硬岩石也能切穿的鑽岩機般的凶猛外型。

「這……這是……？」朱一臉困惑。

「希貝兒先知系統下達神諭了，大倉信夫已不再被這個世界所需要。」

「為什麼……他明明只是沒通過街頭掃描器的檢查啊……」

「八成是他把自己逼上絕路了吧。我猜他現在的犯罪指數已經超過三〇〇。希貝兒先知系統判斷，他現在已來不及接受治療，也失去更生的可能性。」

「…………」

朱啞口無言，愣愣地凝視手中變形的主宰者。

「第一次出擊就碰到討厭的事件，算妳不幸啊，小姐。」

4

跳到隔壁大樓、走進走廊的大倉，取出攜帶型心靈指數色相檢測裝置，對自己進行診斷，發現色相已變得漆黑混濁。像是放棄了某種重要事物的大倉落寞地笑著說：

「看啊，我的色相……已經混濁到這種地步，根本和一灘爛泥沒兩樣。」

大倉接著對千香進行檢測，畫面顯示出她的心靈指數色相，判定為混濁色彩。看到這個，新的恐怖讓千香睜大雙眼。

「妳的心靈指數色相也和我沒兩樣了！」大倉開心地說。

「……不可能……不要……」

不想面對現實的千香不斷搖頭。

「討厭……讓我回去……我想……回家……」

「別回去比較好喔，刑警不會讓犯罪指數超過標準的人活著。就算運氣好被活捉，只要心靈指數沒治好就得一直過著監禁的生活。表面上說是治療，事實上聽說他們天天拷問被關起來的潛在犯呢。」

雖然大倉的言詞依然謙和，聲音卻像產生小小的裂痕般不停發抖。他的雙眼布滿血絲，其中棲宿著瘋狂。受到體能強化藥物的影響，他全身的血管不自然地浮腫脹大。

大倉拖著哭叫的千香，臉上浮現微笑，繼續往前走。

朱和征陸透過縢的情報，在行動情報裝置的立體顯像電子地圖上確認目標位置。目標對象似乎在這棟大樓上方。這棟大樓還沒被斷電，朱和征陸搭乘電梯上樓。荒廢多日的電梯有如在荒地上奔馳的車子般搖晃，發出用指甲刮黑板的尖銳聲音。電梯的狀態不禁讓朱皺起眉頭，征陸卻若無其事。

「不快點解決的話，那名女性人質就不妙了。」

「你是指心靈危害嗎？」

「對，犯罪會傳染。現代年輕人沒什麼抗壓性，很容易受暴力衝動或強迫觀念影響。」

「我曾經針對這個主題寫過論文。」

「不是我愛說，下一個可能就輪到我們了喔，小姐。」

「——咦？」

「說起我們為什麼會變成執行官……」

征陸話說到一半，電梯門打開了。大倉信夫和人質女性——島津千香——正好經過眼前的通道最深處。

「逮到了！」征陸大步奔出，朱也急忙跟上。

朱和征陸總算在廢棄大樓的角落追上大倉，用主宰者對準他。

大倉把刀子抵在千香的脖子上。

「請把槍放下……給我放下！」

「…………」

有生以來第一次碰上人可能會喪失性命的瞬間，讓朱難以保持冷靜。嘔吐感在胃裡翻攪，膝蓋微顫，她露出哀求般的眼神望向征陸。難以置信的是，征陸連一滴冷汗也沒流。見到征陸輕輕把主宰者放在地上，朱也緊張地吞下口水，如法炮製。

「退後！」大倉繼續威嚇，征陸和朱聽從指示。等兩人退到相當遠的距離後，大倉一把推開千香，拋下小刀，衝上前撿起征陸放在地上的主宰者。

大倉用撿起的主宰者對準征陸並扣下扳機——但是，什麼事情也沒發生。

『使用者認證．失敗．非合格使用者．扳機將鎖上。』

「怎麼……？」

「唉，真可憐。」

彷彿魔術師似的，另一名執行官——狡噛慎也在構成廢棄大樓外框的鐵管縫隙中現身。他預測出大倉的行動，事先埋伏，一直躲在暗處等候時機。狡噛仔細瞄準，毫不猶豫地對大倉扣下變化為實彈槍的主宰者扳機。推開千香是大倉的致命失誤。處決專用的集中電磁波讓大倉體內的所有液體瞬間沸騰，如果把人放進巨大且超高功率的電磁爐裡，或許也會得到相同的結果吧。只見皮膚變得像是有無數的充水氣球一樣鼓起，大倉的上半身從內側破裂，肉片細碎飛散，露出斷成一半的脊椎。一團模糊的血肉灑在千香的臉上。

千香不停尖叫，但狡噛的眉毛連動也不動。

一臉茫然的朱好不容易掌握狀況。「狡……狡噛……先生？」

狡噛無視她，用無線電的麥克風進行報告。「這裡是獵犬三號，任務執行完畢。」

征陸嘆了口氣，收回自己的主宰者。

「用老人和菜鳥當誘餌，你膽子可真大啊，狡。」

「大叔，我只是做我分內的工作而已。」

所有人的主宰者一起恢復為麻醉槍模式。

朱也撿起自己的槍後，觀察千香的模樣。被大倉的肉片淋了一身的千香兩眼發直，不住發抖，完全陷入恐慌狀態。為了讓千香冷靜下來，朱慎重地接近她。

「我們是公安局的刑警，已經沒事了，敬請放心。」

「別……別過來！」

「請……請妳冷靜一點！我們是來救妳的！」

「不要，別過來……別來管我……」

千香在地上爬著，想遠離朱。

這時，征陸用主宰者對準千香。

「征……征陸先生！」

「小姐……用妳自己的槍確認看看吧。」

聽他這麼說，朱有不好的預感，也用主宰者對準了千香。

『犯罪指數・超過一六〇・為執行對象・保險裝置將解除。』

發生心靈危害。擔心的事情變成現實，犯罪指數真的傳染了。

「唉，這也是沒辦法的。」征陸想扣下主宰者的扳機。

「住手！」朱立刻抓住征陸的手。

「噫！」千香趁著這個機會衝出去，逃往大樓深處。

「妳幹什麼！」

「她是我們的保護對象！」

「所以才要用麻醉槍射她！讓她昏睡過去才好帶回去啊！」

「麻醉槍也不行！她只是一時陷入混亂而已！只要耐心讓她冷靜下來，用不著做這麼暴力的事也……」

「給我聽好，主宰者是希貝兒的眼睛。這個城市的系統判斷她已經構成威脅了，好好思考這代表什麼意思吧。」

「就算如此，也沒必要攻擊什麼壞事都沒做的被害者吧……我沒辦法接受！」

在朱和征陸爭吵時，狡噛默默追著千香跑進大樓深處。發現他的行為，朱也趕緊追上。

千香、狡噛、朱、征陸一行人，依序跑過走廊。

盡頭是一間充滿垃圾、類似倉庫的房間，率先跑進來的千香找到一個裝著液體的水箱，將之翻倒。裡頭的液體在地上擴散開來，立刻散發出強烈氣味。

「這種氣味是……？」朱皺起眉頭說。

「是汽油……」征陸說。目前的主流交通工具是電動汽車，街頭幾乎找不到這類燃料。

「所以說我討厭廢棄區域！」

狡噛毫不在意地逼近。

「……別過來……別靠近我……」

千香威嚇般伸出雙手，她手上握著大倉的打火機，不知是何時撿到的。

「夠了！別靠近我！」

或許連千香也搞不清楚自己在做什麼。她被恐懼逼迫，想避開破滅的結局，卻反而全力朝向破滅前進。汽油容易汽化，只要千香點燃打火機，很可能會引發爆炸，這是對執行官與監視官的重大威脅、抵抗行為。

在場所有人的主宰者立刻發出警告聲。

槍變化為實彈槍模式，朱瞠目結舌地想像著最糟糕的事態發展。用實彈槍模式開槍的話會怎樣？大倉信夫剛才已經親身示範結果。

『目標的威脅判定已更新．執行模式．致命．實彈槍．請慎重瞄準，處決目標。』

「怎麼會這樣……」朱以顫抖的聲音喃喃地說，她的淚腺幾乎潰堤。

狡嚙用實彈槍的槍口對準千香。

「住手！」

狡嚙對朱的制止充耳不聞。彷彿居住在不同的世界，兩人位在不同次元軸上，不管朱在這邊的世界怎麼叫喊，位於另一側世界的狡嚙什麼也聽不見。

朱將主宰者的槍口對準狡嚙。

比起狡嚙射擊千香更快一步——模式一轉換成麻醉槍的瞬間，朱立刻扣下扳機。

遭神經麻痺光束擊中的狡嚙露出驚訝的表情，全身痙攣，當場倒地。這一瞬間，兩人的世界總算再度重疊——至少朱覺得如此。

「這……」征陸低沉呻吟。

接著，朱用主宰者對準錯亂的千香，槍再度變化成實彈槍模式。

「請妳住手！把打火機丟掉！否則這把槍會殺了妳！」

聽到朱慌亂懇求的聲音，千香的亢奮情緒總算逐漸平復。人看到比自己更不顧一切的人時，反而會不可思議地冷靜下來。此外，剛才朱擊倒狡嚙的行為也增加千香的信賴。

「拜託！我想幫助妳！求求妳放下打火機！快點！」

「啊……」千香像看到什麼髒東西般把打火機丟掉。

幾秒後，主宰者的模式恢復成麻醉槍模式。

『目標的威脅判定已更新．執行模式．非致命．麻醉槍．請冷靜瞄準．使目標失去抵抗能力。』

「呼……」

朱總算放心地放下槍口。在她對仍感到害怕的千香露出微笑，伸出手的瞬間——一道神經麻痺光束從朱的背後射出，命中千香。

「噫！」千香痛苦呻吟一聲後昏倒了。

朱回頭，背後是仍舉著剛發射的主宰者的宜野座。

「常守監視官，請在報告中好好說明妳剛才的判斷。」

宜野座俯視朱，眼神像教師在責備表現不佳的學生，但朱不顧對方是前輩，也忿忿地瞪回去。她完全無法接受——為什麼要開槍？她就是不想對千香開槍才攻擊執行官的啊。

從中途開始旁觀的征陸露出苦笑，又帶著某種期待似地咕噥：

「看來，來了個很不得了的新人啊……」

第二章　人盡其才

「…………」

狡噛睜開眼，純白色的天花板填滿視野。這不是他第一次看到這種情景，他每次受傷都會來到這裡，不知受此「關照」過多少次。這裡是公安局的醫務室，狡噛躺在乾淨的病床上，枕旁有監控身體狀況和色相的裝置。窗外天空微亮，似乎是清晨。

狡噛想舉起手，但身體完全不聽使喚。狡噛以冰冷的視線注視著自己虛弱顫抖的手。

1

朱一睜開眼，鬧鐘也恰好在黑暗的室內響起。就算設定了鬧鐘的時間，朱醒來的時間也通常比那個時刻更早一點。接著，彷彿水母妖精般的少女形象物體發出朦朧光芒，出現在半空中。那是虛擬顯像角色「凱蒂」，正式名稱是「立體顯像式輔助人工智慧・家庭祕書虛擬人物系統」。透過這個虛擬顯像，可和統括管理家庭內各種智慧家電與居住者行動情報裝置的ＡＩ直接對話。

『早安～現在時間是十一月五日八點十五分！常守朱小姐今早的心靈指數色相是粉藍色。請保持健康的精神，享受美好的一天吧！』

朱的虛擬顯像「凱蒂」的造型有點孩子氣。朱喜歡造型可愛的虛擬顯像，多半是受到小時候和祖母一起觀賞的古老電視動畫的影響。祖母是使用藍光光碟的最後世代。

「……嗯……」

隨著頭腦清醒過來，昨晚的失敗也在腦中復甦——上任第一天就對執行官開槍的監視官，除了自己還有其他人嗎？朱羞愧得蓋上毛毯，躲在柔軟外殼裡扭動身軀。

「唉……完蛋了啦……」接著，她隔著毛毯詢問凱蒂。管理行程也是虛擬顯像的重要工作之一。「今天應該不用值班吧……？」

『十一點要和船原雪小姐、水無瀨佳織小姐在曙橋站碰面。十四點三十分到公安局值第二班勤務～』

「啊……對喔……唉……」打從出生以來，朱第一次能體會蹺課者的心情。朱向來以健康的身體自豪，教育課程未曾遲到或缺席。但是，今天一想到要去公安局上班，就覺得明明很嬌小的身體萬分沉重。

『今天想用什麼風格的房間布置呢～？』

「威克特旅館的布置風格。」

『好的～參照函式庫資料～』

房間燈光亮起的同時，顯像裝潢也啟動了。經過短短一瞬間的雜訊後，整個房間刷新為新藝術派風格的奢華裝潢。

雖然室內裝潢變得無比華麗，朱的心情卻開朗不起來，只茫然望著天花板。顯像的重現度、畫素密度完全超過人類的認知能力，看起來與現實毫無分別。

「唉……」繼續賴在床上不是辦法，肚子也餓了——朱這時才想起自己從事件發生後，直到現在都還沒進食。「凱蒂，幫我準備早餐。我沖個澡後要吃。」

『昨天的卡路里攝取量合計兩千兩百大卡，今天早餐建議攝取兩百四十大卡。』

「那就兩百大卡吧。」心情低落的朱沒什麼胃口。「給我中華料理風味的早餐。」

『了解～』

淋浴後，總算變得神清氣爽的朱一面吹頭髮一面喝礦泉水，走向開放式廚房，以只穿了坦克背心和運動內衣的邋遢模樣坐進餐桌。調理機的細長機械臂自動配送早餐過來，美其名為中華料理風味，其實只是塊狀機能食品。換了一套女僕服裝的凱蒂飄浮在餐桌旁。

『要瀏覽新聞網站嗎？』

「顯示和平時一樣的網站就好。啊，跳過經濟類吧。」

『好的～開始登入。』

大量顯像新聞網站浮現在朱的身邊。朱默默進食，漫不經心地瀏覽網頁。姑且不論模樣，好歹味道確實是中華風。

『今天天氣晴朗，降雨機率為零。新宿區集團壓力預測等級為三，建議服用預防心理汙染的補給品。牡羊座的運勢是學業大吉、財運小吉，幸運色是蒙瑟紅，或許會有出乎意料的邂逅！香奈兒新推出的虛擬顯像「Exotica」從今晚六點開始提供下載，別錯過最新潮流喔！』

朱吃完早餐後回到寢室，換上上班用套裝站在更衣鏡前面，她手上拿著一個隨身鏡造型的顯像裝扮裝置。像今天這種辦完私事後還要上班的情況，使用顯像裝扮很方便，能省去換裝的麻煩。朱操作顯像裝扮裝置的觸控面板，從「正式場合」、「運動」、「晚餐」等選項中選擇了「假日休閒」。轉眼間，朱全身被一套外出風格的顯像裝扮所包覆。「嗯～」朱不甚滿意地歪著頭，搖動手中裝置。每次搖動，服裝搭配也跟著隨機變化。朱擺起姿勢，仔細確認搭配，最後總算找到滿意的搭配。

「大致就這樣吧……」

朱蓋上顯像裝扮裝置，當作胸針別在胸口。

「我出門囉。」

『小心慢走～』

檢視包包內容後，朱走出房間。房門關上，傳來上鎖聲。凱蒂消失，新藝術派風格的顯像裝潢也跟著消失，房間又回到原本彷彿醫院無菌室般無色無味、純白空虛的模樣。

今日天清氣朗，都市環境顯像全面運作中。因為這座都市很完美，或者說，為了看似完美，汙點或瑕疵都用幻影掩藏起來。在大樓與大樓之間，有數十公尺高的和服美女正在吃烏龍麵——諸如此類的巨型顯像廣告充斥於城市之中，像是「跳樓大拍賣」、「勁爆登場，還等什麼？」、「及早做好您的重大壓力管理」、「時下最夯的虛擬實境運動」等等。綜藝節目化的新聞節目，今天也同樣讚頌著希貝兒先知系統的恩惠。根據希貝兒判定的結果，最適合擔任下任總理大臣的人，是住在東京都的十幾歲少女偶像，國民紛紛表示樂見這項結果成真——

朱在車站和兩名教育課程同班的朋友碰面後，三人移動到商業大樓頂樓的露天咖啡廳。這兩名朋友分別是個性開朗、運動神經優異的雪，與擅長文書工作的佳織。三人圍著桌子坐下，點了甜點和飲料。就算已經出社會，每當她們聚在一起，感覺又像回到學生時代的放學後。

「所以妳就搞砸了？」

雪問。朱默默點頭。

「畢竟是公安局的工作，我不能描述得太詳盡……總之，我對同事做了很過分的事。」

「雖然我不是很明白……可是，妳的職權允許妳做出那種事吧？」佳織說：「而且，妳也認為那種情況必須制止吧？」

朱略為思考一番，回答：「嗯……是這樣沒錯。」

「既然如此，妳何必煩憂呢？況且妳的心靈指數也沒變糟，我看妳根本不擔心吧？」

「欸～佳織好過分，怎麼這麼說嘛。我昨晚完全睡不著呢。」

「阿朱老是這樣。明明都這麼煩惱了，色相檢查卻總是維持潔淨的色彩。」雪說。

「明明從來不做感情管理，卻是個超級心靈美人。妳到底是怎麼維持心靈健康的？」

「呃……或許是我太遲鈍吧……？」

為防流於炫耀，朱敷衍似地面露傻笑，結束這個話題。

「唉，上帝真是不公平。」雪略顯誇張地嘆了口氣。「……哪像我啊，光是上個月的心理諮詢費用，就花掉我那不怎麼有趣的工作的一半薪水。」

「就是說嘛、就是說嘛，好歹是希貝兒先知系統判定適任的工作，不該只碰上小小挫折就唉聲嘆氣。」

「可……可是……」像是對裁判抗議的運動選手一樣，朱說：「我也不是在懷疑希貝兒先知系統，但我真的適合公安局的工作嗎……？」

聽到這句話，雪和佳織瞬間愣住。一時之間，時間彷彿停止了。然後——

「哇！妳這個人真是身在福中不知福耶！」雪大叫。

「妳這句話應該不是認真的吧？真是的！」佳織傻眼地笑了。「話說回來……妳明明也拿到經濟省或科學技術省的適任資格，卻全部推掉，特地選了公安局不是嗎？」

「哪像我啊，都只能獲得C等呢。」

「那樣很好啊，小雪本來就很適合勞動身體的工作。不像我在很會使喚人的老闆底下當系統工程師，肩頸痠痛得要命。」

「我是很喜歡活動身體，但當作職業又另當別論……不對，現在不是在講我的事……總之，阿朱是在最終審查拿到七百分的優等生，不管什麼工作都能勝任的。」

「嗯……」

雪和佳織交互拍拍沮喪的朱的肩膀，為她打氣。

「抱歉，我們剛剛只是在逗妳。我相信妳一定能做好這份工作。不是因為妳拿到系統的適任判定，而是我身為朋友的直覺。」

雪點頭同意佳織的話，並補充說道：

「俗話說：『適才適所，人盡其才，這正是希貝兒帶給人類的恩澤。』難道不是嗎？」

2

朱來到公安局前。接下來要值班，朱解除服裝顯像，從外出服恢復成原本的套裝。就算受到朋友安慰，也無法挽回昨晚的失敗。

公安局本部大樓是一棟由上俯視呈八角形的塔型大樓，地上共有六十層，地下八層。表情憂鬱的朱抬頭望了大樓一眼，兩手輕拍臉頰轉換心態。朱走進兩側有警備多隆一字排開的正面大廳，大廳地板大大地印著希貝兒先知系統和厚生省公安局的標誌。朱走向綜合櫃台，詢問去哪裡才能探望狡噛。

朱來到公安局內執行官隔離區的分析官研究室，確認門上掛著「綜合分析室」的門牌後，正準備用生體認證開門時，門卻先從內側開啟，朱和準備離開房間的六合塚碰個正著。

「啊……」

六合塚一樣是一襲男性褲裝打扮，領口不知為何有點凌亂，領帶似乎也重新紮過。她擺出一張撲克臉，完全猜不出她發生過什麼事、心裡在想什麼。雖然昨晚也碰過面，但朱和她幾乎沒有對話，也沒還沒做過簡單的自我介紹。對彼此而言，頂多是知道名字的「同事」。不知該做何反應的朱，姑且客套地笑著打招呼，但六合塚一語不發地從朱身邊穿過。朱心想，到底是怎樣嘛……

「打擾了……」

朱怯生生地窺探研究室內部。首先映入眼簾的是各式各樣的高性能電腦與分析裝置，房間深處則有用機密門隔離開來的檢查室。房間裡看不到半個人，朱疑惑地想，六合塚不是才剛出去，怎麼會沒人呢？

這時，擺放在多螢幕顯示器前的大型沙發背後，突然有一條腿伸出來。原來只是被椅背遮

住，有人躺在沙發上。那條修長白皙的美腿正在穿絲襪。

「……請問分析官唐之杜志恩小姐在這裡嗎？」

「我就是，請問您哪位？」

唐之杜撐起上半身問。她穿著貼身剪裁的兩件式洋裝，外面套了一件白衣，胸部豐滿，腰身纖細，即使隔著衣服也能看出臀部緊實挺翹，完美的體態讓朱差點忍不住發出嘆息。

唐之杜有著一雙彷彿睡眠不足的眼睛與慵懶的氣質，濃密纖長的睫毛和具濕潤感的雙唇十分性感，給人一種妖豔的……甚至可說過於妖豔的印象——她整過形嗎？說不定身上有許多部位換成人工製品？朱想過美容手術的可能性，但唐之杜的容貌沒給人強烈的人工感。身為同性，或多或少能感覺出是否有「加工」過。即使唐之杜有整形，想必也頂多只是微整形吧。

朱向唐之杜行了個禮，問道：

「我是昨天剛分發到這裡的新人，名叫常守朱。」

「啊，那個開槍打了慎也的新人監視官原來就是妳呀？」唐之杜對朱滿意地笑了。「嗯～妳長得比我想像的更可愛呢，個頭也很嬌小……看似嬌弱，下手卻挺狠的。妳為什麼要那麼做呢？被慎也摸屁股了？」

「呃，那個……我聽說來這裡可以知道狡噛先生的身體狀況……」

「喔，妳想問那個啊？就算我擁有醫師執照，妳不覺得這家公家機構叫分析官順便照顧人員健康很扯嗎？即便我是個潛在犯，也沒有法律規定可以這樣隨便使喚人吧？」

「呃……」

「妳叫小朱嗎？監視官算是公安局裡的菁英分子吧？拜託妳快點出人頭地，改革一下組織。首先就從刑事課專用的泳池和酒吧開始，麻煩妳囉。」

「……呃，不是的，我是來問狡噛先生的治療狀況……」

「啊，對喔。」

唐之杜離開沙發，坐上辦公椅，操作桌上的控制台。多螢幕顯示器其中一個畫面切換成醫務室的影像。

狡噛躺在病床上，彷彿死了般沉睡著。

「他今天早上恢復意識了。只不過被麻醉槍直接命中，現在還沒有完全恢復。要站立或說話有困難，當然也沒辦法做愛，真是徹底無能呢……」

朱無視唐之杜的下流玩笑，凝視著監視器裡的狡噛。狡噛稱不上安詳的睡臉，更激起朱的罪惡感。

「如果妳只是想看看他，要探望一下也不是不行，要嗎？」

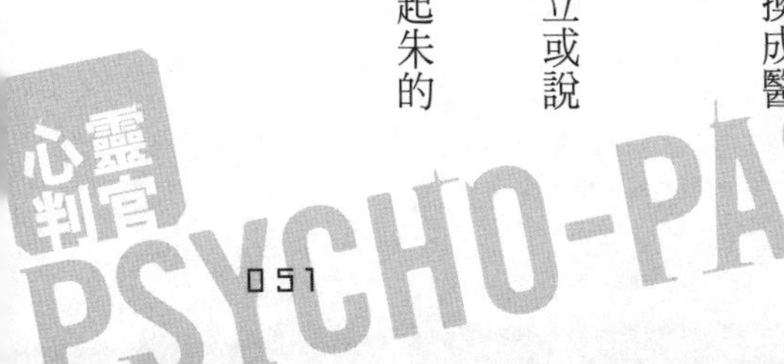

「不，不用了……」

「只要今天好好休息一天，就不會有什麼後遺症。妳明天早上再來吧。」

「好的……」

朱喪氣地垂下肩膀，心想明天恐怕又是個憂鬱的早晨。

朱從研究室走向公安局刑事課辦公室A。刑警們平常都集中在這個大辦公室裡，位於上座的是宜野座和朱的辦公桌，宜野座目前不在座位上。相對於井然有序的宜野座的桌子，剛上任的朱則是連行李都還沒整理完畢。個性輕浮的年輕執行官——縢正在玩掌機。最近的主流是使用頭戴式顯示器的虛擬實境遊戲，或以顯像搭配三百六十度全方位跑步機而成的體感遊戲裝置，不過這種普通的2D遊戲仍舊深受人們喜愛。

六合塚正在用電子書閱讀器閱讀雜誌，她似乎下載了音樂雜誌。朱心想，平常沒發生事件時，大概就像這種感覺吧。

朱和宜野座所屬的是刑事課第一分隊，辦公室A是第一分隊專用的。刑事課另有第二、第三分隊，全刑事課共有七名監視官、十三名執行官。

朱的私人物品幾乎都在紙箱裡，但辦公桌上備有工作上必要的工具。換句話說，不整理行李也能工作。朱暫時沒有心情在其他人面前整理私人物品，決定先用顯像鍵盤和3D輸入介面製作報告。

「……奇怪？」

朱暫停作業。能立體感應手指動作的3D輸入裝置似乎出了點問題，反應嚴重延遲。朱感到困惑，試著調整一下選項，但狀況仍舊沒有改善。朱決定問縢和六合塚：

「不好意思……請問還有其他3D輸入裝置嗎？」

「備用品是狡噛執行官正在使用中～」

縢沒有抬起視線，繼續盯著掌機螢幕，輕佻地回答。

他的態度令朱不太愉快，但還是耐著性子繼續問：

「可是……狡噛先生今天……」

「被某人的麻醉槍打中，正在治療中～」

被瞧不起了——朱思考著該如何應付縢的態度。論階級，朱應該厲聲斥責他一頓才對，但是朱不習慣表現得強硬。而且，雖然朱的階級較高，但縢對犯罪現場更熟悉，經驗也更豐富。破壞團隊和諧的話，說不定會造成第一分隊整體的搜查能力低落——正當朱緊握拳頭、不知所措的時候，六合塚突然站起來，用力踹了縢的背。

「好痛！幹什麼啦！」

滕誇張地扭動身體，六合塚無視他，將類似小型啞鈴的空中輸入裝置放到朱的桌上。

「這給妳，我有帶自己的輸入裝置。」

「謝……謝謝。」

六合塚容貌秀麗，但話很少，也鮮少在臉上表現出情緒。這樣的她雖令朱感到難以捉摸，但由剛剛的反應看來，至少不是個壞人。朱更換輸入裝置，繼續打報告。不久，征陸進來了。

「抱歉抱歉，我遲到了……咦？今天的值班監視官是小姐啊？」

「啊，是的。」

「昨天才剛發生過那種事，真是辛苦妳了，希望今天能平安無事……」

就在這時，臨時廣播響遍室內。

『足立區伊興「優雅山丘」內部偵測到超過規定值的心靈指數色相，請值班監視官立刻帶執行官前往現場。』

「……才剛說，麻煩就上門了。」

「我來補狡嚙的缺吧？」六合塚自告奮勇地問征陸。

「不用了，應該只是小事……我們出動吧，監視官大人。」

3

購物中心「優雅山丘」是一座八層樓高、挑高設計的綜合商業設施，現在擠滿了傍晚的人潮。希貝兒先知系統帶來了安定與和平，這世上能像這樣購買非生活必需品的富足國家已是寥寥可數。在這群全心全意紓解壓力的顧客當中，有一對笑容特別幸福的男女。這對男女看似仍在上後期教育課程（一般而言是十七歲到二十歲，但依希貝兒判定結果也有例外）。青年的打扮有點土裡土氣，而身穿迷你裙的女生身材嬌小，但胸圍十分豐滿。這兩人相貌雖不怎麼搭調，卻是受希貝兒先知系統適性檢查所祝福的情侶。兩人去做色相檢查和心理分析，得到「經得起長時間交往，能通過結婚生活的考驗」之結果，便開始交往了。

女方本來不喜歡男方的長相，覺得他既俗氣又笨拙，對他完全提不起興趣，但在開始交往後，他卻令她大感驚奇。

女方原以為自己有所謂的「喜好」。她覺得，職業適性或犯罪指數尚且不論，至少「喜歡的對象」總該由自己選擇。但是，事實證明系統更正確。過去那些憑長相選擇的男友，剛交往時雖然很愉快，沒過多久卻成了壓力的來源；可是新男友不一樣，他不僅頭腦聰明，談吐又風趣。如此純粹的魅力，讓女方深深著迷。

在這對幸福洋溢的情侶背後，隔了一段距離處，有一名青年——山根——默默地跟蹤著。瞪著兩人的他眼中，充滿了怒火。被跟蹤的女子在不久前還是山根的女友，只因一點不滿，她就以希貝兒先知系統的適性檢查結果為由要求分手。對山根來說，根本是「開什麼玩笑」。

當然，系統的適性診斷沒有「強制性」。人人都有戀愛自由，只不過最近在戀愛或結婚等重要選擇上仰賴系統決定的情況壓倒性增多。有人在接受診斷後才發現自己是同志，就這樣直接出櫃了（系統導入後，法律也修正，同性婚姻現在在這個國家是合法的）。

山根咬牙切齒，忿忿不平——系統的判斷就算了，重點是他無法原諒那女人拋棄自己。他絞盡腦汁，拚命想著該如何才能不至於觸法，又能讓那女人打從心底後悔，或讓她的新男友嚐到苦頭。山根一面跟蹤一面苦思，但現在還沒個主意。

朱和征陸帶著裝備運輸多隆，搭乘戒護車趕到購物中心，經由購物中心的員工用通道移動。工作人員通道內沒有使用顯像裝潢，空蕩蕩的很煞風景。

「警報發生後，立刻有警備多隆監視購物中心的出入口，目前為止尚未發現異常。換句話說，沒通過色相檢查的傢伙仍然在購物中心裡。」

「要用主宰者嗎？」朱不安地問。

「為防萬一，我讓多隆帶著……看樣子應該不用取出吧。」征陸說，並拍了一下裝備運輸多隆的槍械收納區蓋子。「我們走吧。」

征陸啟動別在領口的刑警用顯像裝扮裝置，全身籠罩在顯像之中。有著一張嚴肅面貌與壯碩身體的他，現在化身成公安局的可愛吉祥物「小科米沙」。朱也啟動裝置，變成小科米沙的模樣。雖然表面上看來無異於布偶裝，但因為是顯像，絲毫感覺不到重量。同時，裝備運輸多隆也啟動透明迷彩，融入四周的景象中。兩名刑警與一架多隆就這樣離開工作人員用的通道，走入購物中心。

兩名小科米沙並肩巡邏，其可愛的造型與微笑的表情在熱鬧的購物中心裡毫不突兀。和父母一起來逛街的孩子興奮地指著小科米沙，小科米沙——征陸也揮手回禮。跟在他背後的朱沒辦法表現得那麼自然，顯得有些彆扭。

「不習慣嗎？我還以為小姐這個年紀的女孩子都很習慣穿顯像服裝呢。」

「可是全身裝扮成虛擬人物就有點……」

「也是，在公共空間使用全身式顯像是違法的。」

來到購物中心一樓中央的噴水池廣場時，征陸扮演的小科米沙突然停下腳步。

「……喔～發現了，在右手邊前方的柱子背後的那個人。」

朱聽征陸說了才注意到。噴水池前的長板凳上有一對正在談笑的情侶，一名眼神凶惡的青年躲在暗處瞪著他們。

「為什麼……？你明明沒使用掃描器，是怎麼看出來的？」

「就是看得出來才會變成執行官啊。小姐，我們分頭包夾他吧。」

兩人兵分二路，朱從目標右側，征陸則從左側接近。只不過，化身成小科米沙的他們不管多麼小心，還是相當引人注目。但在人潮洶湧的地方，行動上必須盡可能不造成其他人的壓力才行。若是廢棄區域也就罷了，如果在追捕犯人的過程中引起大騷動，造成地區壓力上升，一樣得寫悔過書。

朱很不幸地被注意到了，跟蹤情侶的青年想裝作若無其事地離開現場，但征陸裝扮的小科米沙立刻擋住他的去路。

「不好意思，可以請您測量一下心靈指數嗎？」

征陸透過顯像裝扮裝置附屬的變聲器說道。聽在其他人耳裡，他的聲音變成如同偶像聲優一般可愛。

「咦……怎麼可能……」

青年變得慌張狼狽，冷不防想撞開征陸扮裝的小科米沙。

征陸冷靜地抓住青年的手，用力一擰，青年立刻痛得表情扭曲。征陸迅速貼住他的身體，用右手固定住青年的手肘和肩膀，左手抓住青年的頭，直接把他推倒在地上後，再用膝蓋壓制，使他完全動彈不得。朱也在公安局訓練所學過逮捕術，但征陸的動作和教官教的完全不同，與其說是逮捕術，更接近實戰格鬥技巧。

征陸從口袋中取出行動掃描器，檢查青年的心靈指數色相。

測得的結果是土耳其藍。

「哎呀呀～色相變得好混濁呢～根據診斷結果，您需要接受緊急心靈治療，請和我們一起來吧。」

「咦……我什麼都還沒做啊……明明我已經很小心別觸犯法律……」

「即使行為上沒犯法，心靈一樣會混濁喔～」

從工作人員通道走出購物中心、讓青年搭進戒護車之後，朱和征陸解除扮成小科米沙的顯

像裝扮。

「……沒想到征陸先生真的能分辨出潛在犯。」

「在打壞主意的傢伙，我通常一眼就能看出來。以前的話，沒有這種直覺是當不成刑警的。不管是犯罪也好，緝凶也罷，我一定是擁有和犯罪有關的才能吧，否則我的犯罪指數也不會那麼高了。害我現在只能當一隻專幹骯髒工作的獵犬。」

征陸自嘲地說。

「我今天什麼用場也沒派上……」

朱在今天的任務中所做的，只有在接近中不小心讓目標對象察覺——就這麼多。

「不，妳幫了大忙啊。沒有監視官同行，我們這些執行官不被允許外出。因為我們也是貨真價實的潛在犯。帶執行官到案發現場，好好監督我們這些人不偷懶或逃跑而造成世人的困擾——只要能做到這些，小姐就是一名稱職的監視官了。」

朱直直地凝視征陸。

「……但只是這樣的話……監視官還有資格稱為刑警嗎？」

4

朱心情頹喪地回到公安局，發現自己肚子餓得咕嚕叫，便去全自動化的員工餐廳點了高機能生化烏龍麵。由於時間說早不早、說晚不晚，餐廳內沒有其他用餐者——才這麼想，就有個端著托盤的人物在朱對面的座位坐下，是縢。

「可以跟妳同席嗎？監視官大人。」

「……可以啊。」

縢的托盤只放了一杯咖啡。

「你今天不是不用當班了……？」

「少來了，妳明明知道～」縢咧嘴一笑。「我們這些執行官根本是籠中鳥。就算不用值班，沒有監視官陪同也禁止外出。除了刑事課樓層和宿舍以外，根本無處可去吧～」

「啊……」沒錯，朱忘記這件事了，他們和自己不一樣。

「叫妳『常守監視官』太拘謹，我可以稱呼妳『小朱』嗎？」

「……可以啊。」

與其說朱對縢卸下心防，更像是懶得管縢的輕浮態度，隨他高興才答應的。

「話又說回來，妳為什麼會選擇公安局監視官這麼麻煩的工作？發生什麼事了嗎？」

「呃……選擇當監視官很奇怪嗎？」

「我倒想問妳，小朱，妳真的覺得自己適合當監視官？」

「你認為我……不適合嗎？」

「看到昨天那樣的舉動，任誰都會這麼想吧。」

朱嘆口氣，停下用餐的手。

「可是我通過希貝兒的職業適性判定與公安局的任用標準了。」

「我就是覺得這點很不可思議……」

滕靠著椅背，翹起二郎腿說：

「若能通過公安局的標準，其他職業肯定也能獲得優良判定吧。為何不選其他工作？」

「呃……」朱猶豫是否該說這句話，最後決定還是說出口：「其實我在十三大政府機關和六大公司全部拿到A等喔。」

「咦……」滕訝異得差點從椅子上跌下來。「真……真的假的？」

「真的。但是，在其他工作能拿到同樣評等的人，除了我以外通常還有一、兩個，可是在公安局獲得A等的人只有我。超過五百人的班級裡，只有我一個人。所以我覺得，去公安局應該能找到只有我能勝任的工作吧。只要來這裡，就能找到我真正的人生……我誕生在這個世上的意義。」

不知不覺間，滕臉上輕浮的微笑消失了，繃著臉沉默不語。

「難道我的想法錯了嗎？」

「誰知道啊……像我這種人哪有可能知道。」滕毫不隱瞞煩躁地說：「妳什麼職業都能選、什麼人生都能過，居然還為此煩惱。太厲害了，簡直像希貝兒先知系統誕生前的古老故事一樣。」

「…………」

面對滕話中帶刺的語氣，朱只能選擇沉默。

「聽說以前的人們必須自己決定自己的人生，並負起責任，想到就讓人發毛。哪像現在有希貝兒先知系統幫忙發現人們的才能，告訴人們最幸福的生活方式。」滕的語氣逐漸帶有攻擊性。「真正的人生？誕生在世上的意義？我想都沒想過竟然會有人為這種事煩惱。每個人都毫不懷疑希貝兒幫忙決定的未來，囫圇接受地過活，將之視為理所當然……若非如此，根本沒辦法接受自己的人生吧？像我，五歲時沒通過心靈指數的檢查，之後一直被當成潛在犯對待，沒有治療更生的可能性。所以我才會在這裡，因為與其一輩子住在隔離設施，不如當公安局的獵犬、幹殺手般的工作還愉快一點。除此之外，我沒別的路可走。」

朱覺得這種氣氛很難熬。她知道自己極受老天眷顧，而在公安局裡這或許是種罪惡。

「其實我本來沒打算為難妳，但是我改變主意了。」

滕探出身子說：

「——妳啊，趁現在快點辭職吧。」

5

隔天，公安局醫務室裡，朱站在狡噛的病房門前。

「狡噛先生……我能進去嗎？」

朱透過對講機問。「嗯。」一聲冷淡的回應後，門打開了。朱一進入病房，立刻低頭道歉：「對不起！」

「……很少看到有監視官會向執行官道歉。」

狡噛的語氣平淡，難以看穿他的真正用意。朱戰戰兢兢地抬起頭問：

「……你還在生氣嗎？」

「妳那時的行動出自妳自己的判斷，我無權過問。」

「……我的判斷或許錯了。說不定我只是在扯團隊的後腿，害大家陷入危險之中而已。」

「那名女性那時想帶著我們一起陪葬。我絕對不想死在那裡，妳則是明知有危險也想拯救她……這兩者之中，哪一方才是刑警應有的態度，根本連想也不必想吧？」

「……咦？」朱沒想過狡噛會這麼說，睜大了雙眼。

狡噛用不帶感情的眼神凝視自己的手。

「……我當執行官已經太久了。從不猶豫、從不懷疑，接獲命令就解決獵物的獵犬習性，已完全滲透入我的手裡。我對那把槍唯命是從，射殺了不知多少名潛在犯……不帶批判地接受那是為了這個社會好的大道理。不知不覺間我已不再思考，甚至連反省自己正在做什麼也忘記了。」狡噛冷笑自嘲：「很可笑吧？明明刑警這份工作不該是狩獵他人，而是守護他人。」

「狡噛先生……」

「妳基於自我意志判斷，比起職責，優先選擇了正義。能在這種上司底下，我或許能好好當個刑警，而不是繼續當隻獵犬。」

「咦？呃……」朱心想，狡噛是在安慰自己嗎？這番話太出乎朱的意料，令她一時間不知該如何反應。

狡噛繼續說：

「一般說來……一旦犯罪指數上升到必須使用實彈槍對付時，降回去的機會可說微乎其微。人質——島津千香不是因為拋下打火機才得救，而是因為妳——常守朱監視官。妳的說服引發了小小奇蹟。這不是任何人都能辦到的，妳應該引以為傲。」

「謝……謝謝你！」

朱再度對狡噛低頭，她似乎快哭了。

她第一次覺得，自己進公安局是有意義的。

「我也很少看到有監視官會向執行官道謝。」

「假如有時間好好思考，我相信狡噛先生也不會向她開槍的。」

「這很難說……我那時一點迷惘也沒有。我覺得我一迷惘就會死，但我不想死在那裡。絕不能死……我腦中只有這件事。」

狡噛的雙眼不知不覺透出凶暴的執著。

「我還有未完的任務，有無論如何都必須解決的問題……」

「……狡噛先生？」

當天下午，狡噛慎也在刑事課辦公室現身了。朱向宜野座提出關於大倉信夫和島津千香事件的報告，宜野座用行動情報裝置閱讀完內容。

「所以說，妳認為妳那時的判斷並沒有錯……這就是妳的結論嗎？常守監視官。」

「是的。」面對宜野座的嚴厲質疑，朱也回答得毅然決然。

「根據主宰者的紀錄，島津千香的犯罪指數最高達到三二八，妳和兩名執行官明顯有生命危險。」

「但她的犯罪指數上升只是暫時性的。而且，實際上她被逮捕後的心靈治療情況也十分良好，心靈指數正逐漸回歸正常中。」

宜野座的視線從眼前的朱移向坐在較遠處的狡噛身上。

「——狡噛，你有什麼看法？」

「沒有。」狡噛頭也不回地迅速回答：「我的輕率判斷致使狀況惡化，常守監視官盡了她的義務，如此罷了。」

第三章　飼育的規矩

從事違法行為者的安全基本上得靠錢購買。

幸運的是，槙島聖護很早就找到強力的後援。靠著他們的協助，槙島能在都內確保幾十處的棲身之所。

即使在希貝兒先知系統的運作下，社會依然存在貧富差距。雖然沒有明確的數據證明，但據說街頭掃描器數量較少的地區，居民較不容易累積壓力。人們在無意識之中討厭「被監視」的感覺，因此，高級住宅區通常會非正式地受到「照顧」。槙島的棲身之所，便是隱藏在這種不合人性的系統其人性化的漏洞中。

槙島輕鬆地坐在客廳沙發上，他的部下——崔九聖進來，說聲「久等了」，遞出一片磁碟給他。

「這可以用來破解多隆。」

槙島收下磁碟，滿足地微笑。

「這片磁碟是一顆小石子。」

「小石子？」崔九聖歪頭問。

「丟進池裡能激起漣漪的小石子，就像骨牌效應或蝴蝶效應之類的……這是第一片骨牌，是在北京振翅而飛的蝴蝶，能給予迷途羔羊某種『契機』。」

槙島繼續說：

「也許他們只是天竺鼠，但說不定能茁壯成狼。正因為結果難以預測，才更要這麼做。總之，準備已經完成了，接下來就看會有何種『摩擦』發生……」

「摩擦？」崔九聖問。

「這是克勞塞維茲（註2）的理論。他認為，不管事先做出多麼縝密的計畫，在戰場上都可能因微不足道的因素而造成延遲。紙上談兵終究只是紙上談兵，偶然的意外或天候等不可抗力將會直接成為作戰的阻礙——這就叫戰場上的『摩擦』。」

「原來如此……」

註2：卡爾．馮．克勞塞維茲，1781-1831。普魯士將軍、軍事理論家。著有《戰爭論》。

「我們接下來要做的事當然也會產生摩擦。但是，若說這不讓人期待是騙人的。愈是有才能的指揮官，應付摩擦的能力就愈高……某種意義下，這也是展現實力的好方法。犯罪的摩擦會以何種形式出現？那是偶然，還是出自希貝兒先知系統的意志？是組織，還是個人？……若是個人，恐怕是與我們很相近的人物吧。」

1

公安局內的隔離區，執行官宿舍，狡嚙的房間。

這間完全沒有顯像裝飾、宛如倉庫般的房間，也是個訓練設備齊全的古典健身房。上半身赤裸，只穿一條牛仔褲的狡嚙有著一副低體脂率、經過千錘百鍊的肉體。他用拳擊、掌打、肘擊、膝頂高速連續攻擊落伍的老舊沙包，動作不像刑警的逮捕術。因為公安局教的技術，無法應付「狡嚙想定的事態」。狡嚙想辦法習得今日幾近絕種的軍隊格鬥術，那是一種以馬來防身術為基礎發展而來的格鬥技巧。

滿身是汗的他結束訓練，從冰箱取出瓶裝礦泉水，喝了一口，剩下的當頭淋下。雖然頭髮仍淌著水珠，狡嚙仍不在意地走到健身房後面的資料室。資料室也一樣冷冷清清，只有擺放桌子的那面牆壁上貼了大量過去未解決事件的資料。

狡嚙從牛仔褲口袋中取出香菸和打火機，將菸叼在嘴上點燃。

「…………」

狡嚙靜靜凝視著牆上的資料，位於中心的照片是一張模糊的人像。他衝動地把菸頭壓在自己鎖骨附近，頓時發出「滋……」一聲皮膚燒焦的聲音。狡嚙轉動香菸，繼續讓皮肉焦爛，眉頭扭曲。

「你到底在哪裡……」

2

「……宜野座先生，我覺得我應該可以和執行官們合作愉快。」

坐在偽裝巡邏車副駕駛座上的朱說。

駕駛座上是她的監視官同事宜野座。說是駕駛座，由於車上配備了與都市系統連結的高性

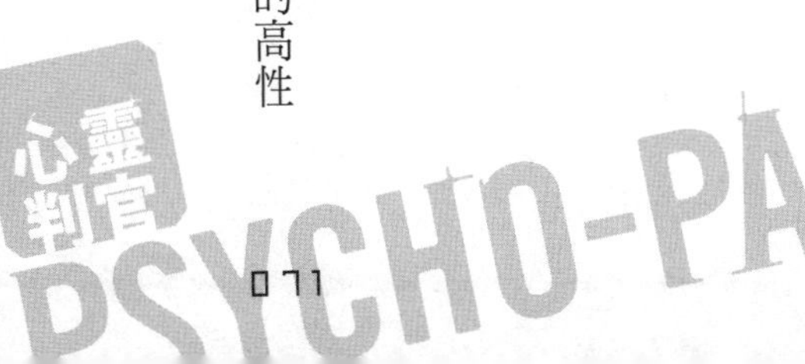

能ＡＩ，可全自動駕駛。除非發生特殊狀況，駕駛者沒有必要動方向盤。大部分情況下，只消對ＡＩ發出語音指示即可。

「妳這句話的意思，是身為同事的合作愉快，還是身為訓獸師？」

宜野座眼神冷漠地說。他的態度令朱反感，但朱沒有回應，只微微皺起眉頭。

宜野座接著說：

「常言道，愚者從經驗中學習，賢者則以歷史為鏡……常守監察官，我衷心期望妳不是個愚者。」

偽裝巡邏車停下來，宜野座和朱先後下車。

沒多久，運載著執行官與裝備運輸多隆的裝甲廂型車也抵達了。後車門打開，狡噛、征陸、六合塚、縢從中現身。他們從兩架多隆中取出六把主宰者，收進槍套裡。

「又是廢棄區域……」宜野座煩躁似地低喃。

同樣是廢棄區域，三天前大倉信夫逃進的是足立區，今天一行人來到的則是八王子市。兩地雖然有段距離，氣氛倒是十分相近。

巡邏多隆尚未封鎖現場，這是為了防止躲進廢棄區域的嫌犯發現而有所警戒。因此，偽裝巡邏車和裝甲廂型車都以顯像裝置偽裝成民用車。

「這一帶原本是本假屋重工的多隆工廠。」宜野座說：「但因為發生重大事故，有人遭到逮捕，也造成嚴重的化學汙染，就這樣成了廢棄區域。」

「化學汙染……」朱略顯不安地重複這句話。

「放心吧，汙染大致已去除，不至於對人體產生影響。」

宜野座邊說邊操作自己的行動情報裝置，將四周狀況和嫌犯的資料傳送給執行官們。這次的搜查目標是金原祐治，過去在多隆工廠上班，現在靠打工餬口——表面上如此。

「幾天前，巡邏多隆逮捕到視覺毒品的中毒者。強力視覺毒品似乎開始流行起來了。」

視覺毒品不同於既有毒品，需透過頭戴式顯示器攝取，經由視神經直接對腦部產生作用，透過強光刺激與特殊圖案來達到控制腦內分泌物的效果。之所以被列為違禁品，是因為如果發生意外或成癮的副作用，甚至可能會破壞腦部。

一般人幾乎不知道視覺毒品的存在。這是一種既可怕又棘手的犯罪，故禁止媒體報導。說棘手是因為使用這種毒品雖然會使犯罪指數升高，卻能大幅降低壓力。這也是違法行為不見得造成心靈指數色相惡化的好例子。即使無法瞞過能測量犯罪指數的機器——例如與希貝兒系統直接連線的裝置或主宰者，但街頭掃描器頂多會測量色相而已，一般生活中被測量犯罪指數的機會不多。所以，一般人只重視壓力管理和常有機會被他人看見的心靈指數色相。就和廢棄區

域一樣，為了維持完美的都市形象，某些瑕疵或矛盾被「視而不見」。

「這次一樣分成我和常守監視官兩個小隊。」宜野座說。「滕、六合塚。」

「喔。」滕明顯露出不滿的表情回應：「又是和宜野小哥搭檔嗎？」

「不高興的話你可以先回戒護車等候。」

「算了，反正我是秀才遇到兵，有理說不清。」

金原這幾天都躲在廢棄區域裡，未曾在街頭掃描器前現身。從上空以無人小型航空器調查的結果，嫌犯極有可能把這座廢棄影城當成據點。當年這裡有許多工廠營運時，工廠員工是這座影城的主要客群。影城有八層樓高，內部有十八座顯像電影院，地下還有停車場。只靠六個人搜索這裡，勢必得耗費一番勞力。

宜野座的小隊從正面，朱一行人則由影城後門入侵。

「又是廢棄區域嗎？」朱半是自言自語地說道。「某種意義上，這種地方算是城市規劃失敗的結果吧……我從小就一直感到很不可思議，為什麼不立刻封鎖廢棄區域，訂立再開發的計畫呢？」

「假如這不是『失敗』，而是『成果』的話，妳覺得如何？」征陸語氣輕浮地說。

「……咦？」

「這算是一種紓解壓力的方式。」狡噛說：「因為有這些廢棄區域，遊民們在希貝兒系統的監視下也能生存。這個社會需要一個空間來容納這些雖能通過街頭掃描器的檢查，但在一般社會裡難以生活的人物。」

「對善良市民而言也一樣。」征陸接著說：「他們需要輕蔑的對象。為了讓自己保有『我們認真在過生活』的感覺，他們需要比較的對象。廢棄區域和其中的居民便是扮演此一角色。大眾媒體更將遊民當成潛在犯的『預備軍』，挑起市民的恐懼。」

朱以前也思考過類似的事。即使乍看之下像是失敗，只要這是都市計畫的一部分，便無損於完美。此一概念用直白的方式說明，就是上述的「紓解壓力」、「成果」或「輕蔑」吧。雖然朱無法用如此負面的看法來解釋這個社會。

宜野座派出一架透明迷彩多隆，從影城正面入口對影城一樓進行紅外線及雷射掃描。畢竟是廢棄區域，先更新平面圖資料比較保險。此外，也偵測到影城內有未登記的防犯感應器及監視器。

「看來……嫌犯自己架設了監視系統。」

確認過多隆得到的情報後，六合塚這麼說。

「真是個囂張的傢伙。」滕說。

「實行電波干擾，癱瘓敵人的監視系統。」

宜野座對多隆做出指示，接著聯絡公安局的分析官研究室。分析官研究室裡有宛如安樂椅偵探的唐之杜志恩坐鎮。

「唐之杜，去找出電力來源，關掉監視系統。」

『ＯＫ、ＯＫ，只要他不是自備發電機就沒問題。』

3

廢棄影城的館內大廳寬廣，金原祐治擅自占領這裡充當自宅使用，堆滿許多日常生活用品。金原吃完機能食品，將空盒丟進垃圾袋，這時行動情報裝置突然發出警告聲。金原馬上確認設置於影城的監視器畫面，但是什麼也沒看到，只看見一片雜訊，遲遲沒恢復正常——是電波干擾。

「公安局來了嗎……」

金原早就做好這天到來的心理準備。不是他自己預測的，而是有「後援者」警告他。那名後援者提供視覺毒品製作軟體給原本只是一名平凡工人的金原，也給予他保護自己的手段。毒品能賣錢。只要讓人上癮、進行洗腦，就能奪走他人的人生。接下來中毒者會對金原言聽計從，把存款全部提領出來，甚至連他們的行動情報裝置的資料或戶籍情報都能輕易得手。雖然必須將部分收益貢獻給後援者，但畢竟受到後援者多方關照，沒什麼好不滿的。

「接下來……」

金元從大廳走進通道。通道裡有六名視覺毒品中毒者躺在地上或靠在牆壁上休息。他養了幾個體格特別好的小混混，只要能獲得毒品帶來的腦內物質過度分泌的快感，他們即使強姦自己的父母也在所不惜。正因他們已失去了現實感，面對公安局也無所畏懼。

「！」

那六個人一看到金原，混濁的雙眼立刻發亮並流口水。他們攀附在當成神崇拜的金原身上。視覺毒品用的記錄軟體均經過加密，使用幾次後就會自動毀損，無法重複使用。

他們的情感完全被金原操控了。

「我已經準備了豐富商品，先搶先贏。」

先搶先贏──六個人一聽到這句話，敏感地做出反應。

發給毒蟲們武器後，金原前往真正的「保鑣」身邊。他走入類似古羅馬圓形競技場的顯像電影院，兩架民用作業多隆並排等候。這兩架預定廢棄的多隆也是後援者提供的。作業多隆的外觀類似小型堆土機，全長四公尺左右，動力強大又低燃耗。機體上方配備了四隻機械臂，機械臂前端各有挖掘用的雷射鑽頭和切割用的線鋸。

「……時候差不多了。好……」

金原從口袋中取出記憶卡，插入多隆控制台上的空插槽。光敏聚合物，標準的顯像記憶方式。卡片表面有似乎是製作者寫下的文字「Johnny Mnemonic」。插入後不久，多隆啟動了，它的眼部攝影機彷彿在尋找獵物般閃爍著光芒。

4

朱和狡噛、征陸仍在繼續搜索影城。他們登上停止的升降梯，來到大型電影院集中的六樓。一路上不時見到暴斃毒蟲的屍體，或者已開始有失禁症狀、再過不久也會變成屍體的毒蟲，卻沒發現藥頭——嫌犯金原祐治的蹤影。

「如果嫌犯想逃跑……」

朱對狡噛說話的瞬間——

「噓……」狡噛打斷她的發言，手指貼在嘴唇上，比出「安靜」的手勢回應。三人在丁字路前停下腳步，感覺到前方左右兩邊的轉角似乎有人埋伏與腳步聲。三人從槍套中取出主宰者，準備射擊。狡噛和征陸一步向前，朱在背後輔助——但是，這反而造成危機。

「唔！」背後也有敵人來襲。這名體格壯碩的年輕男性毒蟲肯定是被金原命令躲在掩蔽物後方，一直等候奇襲的機會。毒蟲高舉鐵管，朝殿後的朱的後腦杓用力揮下。

朱一邊轉身一邊側移，冷靜地躲開鐵管的攻擊。由於毒蟲的揮擊力道過猛，反而重心不穩。朱運用在訓練所學習的逮捕術技巧，以左手推開毒蟲，確保雙方距離，並用右手扣下主宰者的扳機，模式是麻醉槍。不同於三天前事件中大倉使用的田徑選手的違法藥物，視覺毒品並不會使肉體強化。偷襲朱的毒蟲，立刻倒在地上不停抽搐。如果是以前的朱，恐怕沒辦法這麼冷靜地對抗暴徒。某種意義上，這也是她上任第一天就受到「洗禮」的成果。在第一次參與的搜查中，朱近距離見到因實彈槍而死的犯人，也對人——執行官狡噛——開過槍。從那時起，朱的心態便產生某種變化。

同時，另兩名毒蟲從正面襲擊而來。其中一名被征陸以主宰者的麻醉槍模式解決，另一名卻以被擊中的夥伴為盾牌，一口氣逼近。狡噛正面應戰，以速度快到驚人的下段踢攻擊毒蟲的腳部，阻斷他的行動，接著用腳掌踩住敵方身體往前踹，將敵人踢得遠遠的，然後發射麻醉槍，奪走第三名敵人的意識。

隨後，丁字路口又出現第四名毒蟲。

但這次的敵人和剛才解決的三人不同。

主宰者發出警報聲。

『警告．爆裂物．開始分析結構．分析結束前暫停更新威脅度——』

「是炸彈背心！」征陸大叫。「受到刺激就會引爆！開什麼玩笑！」

第四名毒蟲穿上插著多條棒狀塑膠炸彈的黑色厚背心，他究竟是在哪裡取得這種危險物品？所有炸彈都用鋼絲連接，背心後面有個不明裝置在發光。

該用麻醉槍射擊他嗎？不，不行，朱立刻推翻自己的想法。也許只要人一昏倒，或受到麻醉光束的衝擊，就會引發爆炸。目前尚無法估計爆炸的威力有多大——該怎麼辦才好？

「交給我吧。」狡噛挺身而出。

朱睜圓雙眼，大喊：「狡嚙先生！」

狡嚙抓住身穿炸彈背心的毒蟲，用手肘壓制對方關節，暫時剝奪毒蟲上半身的自由後，接著拉扯住他，用腳絆住，將他摔出窗戶。

「！」毒蟲撞破玻璃，帶著驚訝的表情飛出室外、掉落地面，受到衝擊的炸彈炸裂開來。轟隆一聲，爆炸的衝擊震碎了附近建築的玻璃，整座影城像是遇到小型地震一般搖晃。

「太亂來了……如果在摔投的瞬間爆炸的話，該怎麼辦！」

朱忍不住責怪狡嚙，但狡嚙一臉輕鬆地回答：

「反正不解決他也會爆炸，這種情況下，一瞬間的判斷將會決定生死。」

「連犯罪指數都還沒測量就殺人……」

「比起我們被殺要好吧？」

「……………」

朱凝視狡嚙的側臉。他的雙眼湛滿凶暴的光芒，嘴角甚至難以置信地微微上揚。狡嚙明明說過自己不想當隻獵犬，想好好當個刑警，朱也對這番發言感到欣慰，但他現在的表情，卻無異於因獵殺獵物而興奮的肉食獸。

5

宜野座的小隊登上七樓，途中碰見兩名毒蟲，縢和六合塚各自以麻醉槍解決一個。突然響起劇烈爆炸聲，整棟建築物跟著搖晃，正感到疑惑時，朱傳來通信：『狡噛先生將穿著炸彈背心的毒蟲拋出窗外了。』聽說這件事讓縢忍俊不住地笑了起來，宜野座的眉間則多出一道彷彿被雕刻刀劃出的深深痕跡。

「監視官、縢，請來一下。」

六合塚舉起主宰者，尖銳地呼喚。

她的槍口對準的地方有一架作業多隆。停在通道深處的多隆正以眼部攝影機監視著他們。多隆出現在這種地方，明顯很不自然。

「多隆有嚴密的安全防護……」宜野座說。「……嫌犯只是個工廠工人，不可能有能力處理這種東西。我從沒聽過有多隆被破解的前例。」

具有四隻機械臂的作業多隆動了起來，以六輪猛然接近。

『目標的威脅判定已更新・執行模式・毀滅・分解槍・現在要將目標完全排除・請當

心。』

六合塚的主宰者變形了。有如凶惡生物的翅膀一樣，裝甲板完全展開，恰似某種擁有利牙的動物張開血盆大口，準備一口吞下獵物的模樣。

「別攻擊後面！記憶卡插槽和ＡＩ存放在那裡！」宜野座說：「那是重要線索！」

「了解。」

轟！沉重的槍聲響起，受到主宰者的最終型態——分解槍的直擊，作業多隆的前半部有一球狀部分完整消失了。分子分解砲，這是只有公安局刑警獲允使用的超絕破壞力，被擊中的部位連碎片也不會留下。滕愉快地吹起口哨。

「……主宰者的全力一擊還是一樣讓人感動得渾身發麻啊。」

金原祐治和另一架作業多隆逃往另一個方向。連自殺式的炸彈背心攻擊都用上，卻連一個刑警也解決不了，公安局的刑警遠比他所聽說的難纏許多。金原想，事情不應該是這樣的，如此一來——

「我豈不是被騙了嗎……」

這時，又傳來一聲分解槍的震撼槍響。

轉眼之間，連同牆壁和地面，作業多隆的大半部位都消失不見。

開槍者是狡嚙，朱和征陸也在一旁。他們聽到唐之杜的聯絡：『根據掃描結果，影城裡還有一座緊急電梯能用。』他們預測嫌犯會利用這裡逃亡，立刻趕過來。滿臉訝異的金原被朱用麻醉槍擊昏。

「呼……事情總算告一段落。」征陸說。

「我們沒人受傷，也用麻醉槍將嫌犯逮捕到案，這次的戰果真是無話可說。」狡嚙說。

「請等一下！」朱露出急迫的表情，「關於你剛才處理炸彈的方式，我還是無法接受。」

「我想也是。」狡嚙冷冷地笑著說：「但是妳今後還會碰上更多無法接受的事——正因如此，所以我們是執行官，而妳是監視官。」

第四章　你無人知曉的假面具

1

人們會做夢，偶爾也會使用「夢的世界」這個詞語。可是正確而言，並不存在夢的世界，那是腦在睡眠時讓人見到的幻覺。相較之下，構築在網路上的虛擬空間更具備「世界」的架構。西元二一一二年，這種網路空間被稱為「交流區」。在這裡，每個人都用虛擬人物代替自己。縱然無法親眼見到，這個世界確實存在於「該處」。

這裡是交流區之一的「塔利斯曼交誼廳」，以令人聯想到馬戲團帳篷的圓形劇場為主題。該交流區的管理者——小丑風格的虛擬人物「塔利斯曼」和朱的虛擬人物「檸檬糖」面對面坐在設置於中央的華麗桌子旁。環繞著他們、燈光照射範圍外的陰暗位子上，隱約浮現其他圍觀的虛擬人物。

「讓我來聽聽妳的心聲吧。檸檬糖，妳使用了很棒的虛擬人物呢。」

從觀眾席上傳來旁觀的虛擬人物的拍手聲。

「……我一畢業就在一個很辛苦的職場上班……」朱邊思考邊說。

直到這時，她才發現自己尚未在心中整理好最近發生的事。

「雖然那是對社會而言很重要、很有意義的工作，但也因此我感到責任重大……不對，這些不重要。選擇這項工作我並不後悔……困擾我的是……人際關係。職場裡有個既算是部下也算是前輩……總之關係有點複雜的同事，我在工作上無可避免地必須和他合作……」

「但是妳和他處不來嗎？」

「那個人做事亂七八糟的……可是，有時也覺得他說的話滿有道理，所以讓我很猶豫是否該信任他……」

「嗯～也許妳在害怕那個同事？」

「嗯……或許吧，他是個有點可怕的人。」

「同事會傷害妳嗎？」

「我想……應該不至於……」

「即使如此，仍覺得可怕？」

「……不知道。不對……應該說，就是不明白他的為人，才會感到可怕吧。」

這時，突然響起莊嚴的效果音，一道聚光燈從塔利斯曼頭上打下。在強光照耀下的塔利斯曼的臉孔，從微笑的小丑變成威嚴的賢者。

「塔利斯曼為妳解答：你們只是仍不夠理解彼此而已，建議妳在私下也多多與他相處，讓彼此更熟悉對方吧。」

四周的觀眾席上響起拍手與喝采聲，塔利斯曼對眾人一一答謝。

「這裡是睿智的殿堂——塔利斯曼交誼廳。有任何想商量的煩惱，二十四小時隨時為您服務！See you next time！」

朱躺在自己房間的床上，取下頭上的虛擬實境介面裝置的頭戴式顯示器，深深地嘆息。

「……我還以為網路傳奇塔利斯曼會給我更好的建議呢……」

虛擬顯像凱蒂浮現在朱的頭上。

『交流區請求給予剛才的諮詢評價。請問要回應嗎？』

「嗯……幫我給『優良』評價吧。」

仰躺的朱望著天花板，自言自語：

「互相理解嗎……」

她想起狡噛把炸彈背心男摔出後的凶惡表情。他那時的表情潛藏著難以形容的喜悅。

「……理解那樣的人真的好嗎？」

2

朱被叫喚到事件現場。文京區高層公寓，名為葉山公彥的男子房間。宜野座、狡噛和縢已經先抵達了。六合塚和征陸今天沒有值班，留在公安局本部大樓內的執行官宿舍裡。

葉山的房間裡未開啟顯像裝潢，只有最低限度的家具，單調無趣，地板薄薄堆了一層灰塵。待在這樣的空間裡，令朱有種說不出來的不舒服。這時，她想起教育課程某一堂課的內容：由於現代人太習慣顯像裝潢，在面對這種毫無顯像裝飾的房間時，會有相當高比例的人陷入一種空間恐懼症。

「發生什麼事了？」狡噛問。他似乎也是剛到。

宜野座說明：

「這棟公寓最近進行全面居家安檢，發現這個房間的廁所已經故障了兩個月，住戶卻完全沒有申訴。管理公司覺得事有蹊蹺，就來報案了。」

「失蹤事件嗎？最近很少聽到這種事。」狡嚙略感佩服地說。

「葉山公彥，三十二歲，單身。不僅沒有工作，和鄰居也鮮少交流，所以直到今天都沒人發現他失蹤。」宜野座說。

「沒有工作？這年頭還有這種人存在嗎？」朱有點訝異。如果是廢棄區域或許還有可能，但這裡是一般住宅區。

「我確認過他的銀行戶頭，他從網路廣告公司那裡收到不少報酬，根本不愁生活。」

宜野座的話令縢吹了聲口哨。

「哇～當個網路紅人就能賺得荷包飽飽，難怪覺得出外工作很蠢吧。」

「說不定他只是外出長期旅行？」朱試著提出樂觀的推測。

「不可能。」宜野座立刻駁斥。「只要離開房間，就會在街頭掃描器留下紀錄。這年頭想不留半點痕跡在市區移動是不可能的事。更何況……他已有整整兩個月沒有從戶頭領錢。」

「看來肯定是死了。他叫葉山是吧？」狡嚙說。

縢也點頭說：

「沒錯。所以說『被殺掉比失蹤更簡單』啊。」

宜野座神經質地推了推眼鏡說：

「……要下結論還太早。」

狡噛以獵犬之眼觀察室內，仔細確認家具的位置後問道：

「能重新啟動房間內的顯像裝潢嗎？」

「我試試。」宜野座手動操作牆壁上的面板，啟動顯像系統，房間一口氣變得豪華起來，出現厚厚的地毯和華美的水晶燈。但是，只有房間中央設計單調的沙發沒有被顯像覆蓋，反倒是與實際的沙發不同的位置上，另有顯像沙發被投影出來。

「咦？這是……」朱微微歪著頭，疑惑地開口。

「顯像椅子沒辦法坐，顯像家具通常會和真實家具的位置重疊。」

狡噛說，走到顯像投影的豪華沙發位置上。他穿過沙發，顯像產生雜訊。

「放在那裡的沙發原本應該擺在這個位置，恐怕是有人挪動過。」

「原來如此……」宜野座解除顯像，再度恢復成原本的冷清房間。

狡噛和縢立刻搬開疑似被移動過的沙發，露出乍看平凡無奇的木地板。狡噛壓低身子，仔細觀察。「你們看這裡。」狡噛指著地板上一道不起眼的刮痕。「或許是想隱藏這個吧。」

「這道小刮痕有什麼問題嗎？」宜野座問。

「讓鑑識多隆掃描看看吧，假如這是打鬥……被害人抵抗的痕跡，應該會找到皮膚或指甲的碎屑。」狡噛走到房間角落，接著檢查牆壁，找到一塊小小的膠帶碎片。「我就知道，是膠帶的痕跡。」

宜野座不愉快地皺起眉頭問：

「……什麼意思？」

「這就是讓葉山公彥從房間消失的戲法真相。首先用勒斃或毒殺，甚至電擊也可以，總之用不會出血的方法殺害被害者，然後在房間裡鋪上塑膠墊，小心不讓房間沾上血汙地肢解遺體，再將屍塊粉碎到能從浴室或廁所的排水管沖掉的程度即可。」

光想像就令人噁心，朱摀著嘴，強忍不斷湧現的嘔吐感。

「根據我的推測……」狡噛說：「應該是勒斃吧。被害者遭人從背後勒住脖子，倒在地上試圖抵抗，想抓住自己背後的犯人卻辦不到，所以才會在地上留下抓痕。我能理解犯人想這麼做的心情，但他不該挪動沙發的；固定塑膠墊時，他也不小心留下膠帶痕跡。犯人擁有一定的知識、膽識和毅力，但畢竟是個外行人。」

「證據還沒出來，說這些都還太早吧？」

宜野座不肯輕易接受狡噛的推測。

「若是征陸大叔，這點把戲恐怕在他一踏進這個房間的瞬間就看出來了。宜野，別小看獵犬的嗅覺。」

提起征陸的瞬間，宜野座的臉色變了。他揚起眉毛試圖反駁，但狡噛以手勢制止他。

「先去確認下水道的血液反應吧。要反駁，等查過這個再說。」

「…………」

雖然宜野座還是滿臉不悅，但也不再多說什麼，一面走出房間一面設定行動情報裝置以操控多隆。這時滕走向葉山的電腦桌啟動電腦，螢幕顯示出交流區的設定畫面。

狡噛隔著滕的肩膀觀察畫面內容。

「……葉山在網路上使用的虛擬人物是……這個吧？」

「單靠廣告連結就能活下去，肯定相當受歡迎。」

朱也看向畫面，頓時驚訝地倒抽一口氣。

「塔利斯曼……」

「什麼？」

「我今天早上……才剛和這個虛擬人物見過面。」

失蹤者——如果狡噛沒有猜錯，恐怕已被謀殺的房客——葉山公彥，他在交流區使用的虛擬人物是……塔利斯曼。

3

公安局綜合分析班研究室裡，第一分隊的成員聚集在唐之杜志恩面前。雖然征陸和六合塚沒當班，但因事態變嚴重，所以也被緊急召喚過來。

「也就是說……」唐之杜起頭：「在本課可愛的鑑識多隆努力下，順利地在葉山先生家的排水管裡找到遺體碎屑。各位，請拍手。」

拍手的人只有滕，宜野座交互瞪了滕和唐之杜一眼。

「……但是，卻有人在網路上繼續經營葉山的交流區，並使用葉山的虛擬人物遊蕩。」六合塚說。

「簡直像鬼故事嘛，沒辦法超生的幽靈在網路上徘徊嗎？」滕說：「雖然照常理推測，應該是有人假冒吧？那麼，只要追蹤那傢伙，應該就能解決事件？」

「這可難說。」唐之杜在顯像監視器上顯示出葉山和其虛擬人物的資料。「葉山在失蹤以前就基於各種目的使用偽造IP，他的虛擬人物和各帳號也早就複雜地加密過了。所以說，想確認是誰從何時開始竊用他的虛擬人物很困難。當然，花時間的話或許辦得到……但是否能做為事件線索，我就不敢保證了。」

「追蹤他的存取路徑呢？」宜野座問。

「要試也不是不行……」

唐之杜一隻手操作電腦，另一隻手彷彿事不關己地抽著菸。

「但是他都經由明顯很可疑的代理伺服器，肯定已經做好反追蹤的對策。隨便追蹤的話，一定會打草驚蛇。」

「只不過……」縢咧嘴一笑，說：「至少使用葉山的虛擬人物的傢伙，目前還沒發現自己被懷疑了吧？這或許是個好機會？」

「某種意義下，這次的嫌犯不躲也不藏，大搖大擺地在我們面前闊步。」狡嚙說：「只要我們能好好誘導，說不定能使他露出馬腳。」

「好。我們也偽裝身分，在網路上和塔利斯曼的虛擬人物接觸吧。」

宜野座決定搜查方針。

「這方法雖不錯……問題是，誰來實行？」

面對征陸的質疑，刑警們面面相覷。

公安局內某醫務室裡，分別坐在兩張並排的病床上的朱和宜野座，身上配戴虛擬實境介面裝置的頭戴式顯示器和手套。這種裝置能透過腦的視覺輸入處理功能，使電流刺激與腦波同步。唐之杜坐在擺置在病床旁的監控台前待命，宜野座徹底面無表情，朱則是難掩不安。

「只有我……和宜野座先生嗎？」

「潛在犯——執行官使用個人資料非公開的虛擬人物登入網路是違法的，能去搜查的只有我們。」

「可是，就算要當誘餌，也沒必要使用私人的虛擬人物吧……」

「若是用『怎麼看都像剛建立的虛擬人物』去做些可疑的行動試探，肯定一下子就會被警戒。但是按部就班地偽造個人資料，創建當作誘餌的角色又太花時間。」

「就算發生什麼事，我也會好好輔助你們的，儘管放心吧。」

唐之杜輕佻地說，朱露出「說得倒輕鬆……」的抗議視線。

「那麼，我要連接囉。祝兩位旅途愉快。」

聽覺與視覺的強烈刺激。

手指神經感受到人工脈衝，瞬間提高了投入感。

感覺上就像潛入游泳池後，在水中睜開眼的感受。一陣微調的雜訊後，朱和宜野座出現在社群網路內的交流區入口大廳。朱變成自己的虛擬人物「檸檬糖」，宜野座也變成他的虛擬人物「N·G」。

檸檬糖的造型像是Q版的朱和水母妖精混合而成的模樣。宜野座的N·G則是造型簡單的錢幣，一枚飄浮於空中、刻有粗獷中年男性側臉的巨大金幣。

大廳裡有許多知名企業的廣告，多到令人雙眼刺痛，一閃一閃地刺激人們消費：「保證讓您大受歡迎的整形零件，手術只要五分鐘！」、「您對自己的身體滿意嗎？只要將腳踝、腳跟機械化，就能讓您不被發現地增高十公分！」、「超夯硬派遊戲體驗，遊走法律邊緣的刺激直擊腦門！」

他們穿過廣告區，來到陳列著龐大數量的個人用戶交流區的入口區域。朱搜尋用戶名稱，交流區入口的排列順序也隨之高速切換。

「這個，塔利斯曼的交流區。」

搜尋結果出來了，「塔利斯曼交誼廳」的入口出現在朱和宜野座面前，兩人立刻進去。

交流區——塔利斯曼交誼廳讓人聯想到夜晚的馬戲團，是個雜亂無章與神祕性並存的虛擬空間。除了朱和宜野座以外，還有各式各樣的虛擬人物們來來去去，好不熱鬧。每走幾步，就有類似霓虹燈的企業廣告彈出，幾秒後又消失。

「原來如此……龐大的廣告量加上超高人氣，難怪光靠網路廣告就能賺大錢。」宜野座說。正確來說，是金幣上的男人嘴巴動了。

「但實際上，經營能吸引許多人參加的交流區並不簡單，不是任何人都辦得到。一想到這點……」

「假冒塔利斯曼的冒牌貨，能以較之本尊毫不遜色的手法經營這個交流區兩個月嗎……」

「那個人就是塔利斯曼。」

塔利斯曼交誼廳最深處，有個散發出壓倒性存在感的小丑。從他從容不迫的站姿不難推測出他就是這個空間的王者。他簡單地向客人的虛擬人物打招呼，慢慢橫越過朱等人的視野。

「他似乎要移動到其他交流區了。」

「好，我們也追上去吧。」

虛擬人物塔利斯曼從交流區中消失。與此同時，朱和宜野座的虛擬人物也進行自動追蹤。一瞬間冒出雜訊，風景剎時變化，兩人出現在既像墳場也像古城的地方。這裡充滿了過往習

俗——萬聖節的氣氛，訪客的虛擬人物彷彿從墳墓底下復活的殭屍般現身，這般惡趣味不禁令兩人搖頭。新交流區的名字顯示在眼前：「布吉庭園」。

「看來是鬼魅布吉的交流區。這裡的規模也很大。」

塔利斯曼走在墳場的路上，正朝鬼魅布吉所在的古城而去。

「請小心一點，這裡的管理者是出名的無政府主義者。如果被發現我們是刑警，恐怕會吃不完兜著走喔。」

「鬼魅布吉和葉山——塔利斯曼有交流嗎？」

「雙方都是網路名人，就算有交流也不奇怪……啊，現實中是否認識我就不敢說了。」

「去調查他們的存取紀錄。如果彼此頻繁進出對方的交流區……」

宜野座話還沒說完，朱的虛擬人物突然消失。

「……常守？」

朱四周的地面忽然像箱子一般折疊起來，將她團團包圍。奢華家具一一在內部浮現，形成一個巴洛克風格的密室——是聊天室。

「宜……宜野座先生……？」

朱慌張起來。在她的虛擬人物面前，另一名虛擬人物現身。是一隻右眼戴著眼罩的貓型角色，頭部是貓、身體是人，穿著華麗的——所謂「蘿莉塔風格」——服飾。

「歡迎，檸檬糖小姐。」半人半貓的虛擬人物開口：「我是這個交流區的主人鬼魅布吉。難得見到妳這位稀客，所以邀請妳來聊天室坐坐，希望沒給妳添麻煩。」

「呃……」朱困惑地問：「只是……為什麼是我？」

「我聽過妳的傳聞，看來妳真的不知道自己有多麼出名呢，檸檬糖。或者……該稱呼妳為常守朱小姐嗎？」

突然被稱呼本名讓朱嚇壞了。「妳……妳為什麼知道……？」

「明明職能適性獲得全年級第一高分，卻選擇進入公安局的怪人，在同學之間不變成茶餘飯後的話題才奇怪呢。換句話說，我不是第一次看見檸檬糖這名角色。」

「啊，所以妳是……」

「我的真實身分請去盯著畢業紀念冊慢慢猜測吧。如果妳能順利猜中，同學會時我就請客……話說回來，刑事課的監視官大人來我這個交流區有何貴幹？總不會是單純來玩吧？」

雖不明白對方的真實身分，但對方無疑是個消息靈通的人。朱選擇進入公安局的事在同學之間很有名，但她從來沒說過自己的職種是「監視官」。公安局除了刑事課以外，還有許多部

門。也許鬼魅布吉是從朱的成績推測她會選監視官，再不然就是透過非正規的手段獲取情報。不管是何者，鬼魅布吉不愧是大型交流區的管理者，絕不能等閒視之。

「呃……事情是這樣的……」朱謹慎地斟酌字句。這裡是對方的地盤，有利條件握在對方手上。「……妳和塔利斯曼有交情嗎？」

「要說有當然是有，畢竟他是我在流量排行榜上的競爭對手嘛。」

「他的交流區或虛擬人物最近是否有什麼不對勁的地方？大約是最近兩個月內。」

「嗯……最近沒什麼特別的……不覺得反倒是兩個月前的他奇怪多了嗎？」

「……咦？是這樣嗎？」

朱對塔利斯曼不怎麼熟悉。

「那時候塔利斯曼不僅做了些不看場合的愚蠢發言，又舉辦明顯在衝廣告量的活動，因而樹立許多敵人。大家都在說，這個老牌的人氣虛擬人物恐怕要沒落了。」

「……可是，現在看起來並不是那樣啊？」

「沒錯，現在他恢復成那個又酷又紳士的塔利斯曼了。他自己說他是一時鬼迷心竅……可是，一旦虛擬人物失去人氣，想恢復往日榮景是很困難的……話說回來，妳調查這個想做什麼？塔利斯曼幹了什麼壞事嗎？」

「……抱歉，目前無法透露詳細內容……總之我必須找出使用塔利斯曼這名虛擬人物的用戶本人……」

「喔……感覺挺有趣的。要我幫忙嗎？」

「咦？」

「賣點人情給公安局的未來幹部不是什麼壞事。」

「妳不是無政府主義者『鬼魅布吉』嗎？總覺得有點意外……」

「這就是場面話和內心話的差別啊。而且基於同學情誼，幫忙妳也是應該的。總之交給我處理吧。」

4

朱和宜野座回到現實世界。兩人移動到刑事課的大辦公室，向其他人說明。

「網聚？」聽到朱的話，宜野座表情詫異地反問。

「是的。」朱點頭，接著說：「平常在網路的交流區很熟的用戶們，穿上社群網路裡虛擬

人物造型的顯像服裝在現實中舉辦派對。只要是在封閉空間裡舉辦的活動，即使使用全身式顯像也不算違法。」

「怎麼會想做這種怪事……」征陸說。

「問題是，塔利斯曼確定會參加那個活動嗎？」狡嚙問。

「鬼魅布吉要和塔利斯曼在網聚的餘興活動中進行顯像遊戲對決。塔利斯曼如果缺席，人氣會一落千丈。無論代替葉山公彥扮演塔利斯曼的人是誰，他既然肯長期熱心地經營交流區，一定也會假冒塔利斯曼來參加網聚。」

「我們只要趁這個機會逮捕他，事件就能落幕……是嗎？」

征陸說，但一臉狐疑。

「不管穿上什麼顯像裝扮，也無法瞞過聲像掃描。只要偵測到足以成為執行對象的犯罪指數，就隨我們處置了。」宜野座說。

「地點在哪裡？」

對於狡嚙的問題，朱回答：

「六本木的俱樂部『EXOCET』。」

俱樂部「EXOCET」是一棟外側毫無窗戶、宛如棺材的黑色建築，裡頭轟隆隆地大聲播放著音樂，到處充滿顯像美術品與顯像裝潢，音樂與影像相互配合，時時刻刻變化。眾多顧客在舞池裡像蟲子或蛇一般蠕動，每個人都包覆在特立獨行的顯像裝扮裡。網路交流區裡的獨特浮游感延伸到這個空間裡。

刑警們——朱、征陸、狡嚙躲在工作人員區監視著顧客。

征陸小聲說：「宜野座他們守在正門，後門有多隆擋住，接下來只等那傢伙現身。」

「雖然實際上沒換上顯像裝扮的話，也不知道誰才是塔利斯曼。」朱說。

「話說回來，這個……算是現代風格的面具舞會嗎？」征陸傻眼地說：「分不清楚誰是誰的情況下，擠在這麼狹窄的地方，難道他們不會感到不安嗎？」

「這裡不是網路交流區，是被毆打會流血、有人帶刀子就能奪走他人性命的現實空間，他們卻連身旁傢伙的真實身分也不知道……簡直是瘋了。」狡嚙說。

「你就是有這種想法，犯罪指數才會上升。」

說完，朱立刻對自己的失言感到後悔。

「……啊，抱歉，我不是那個意思……」

「沒關係，妳沒說錯。」

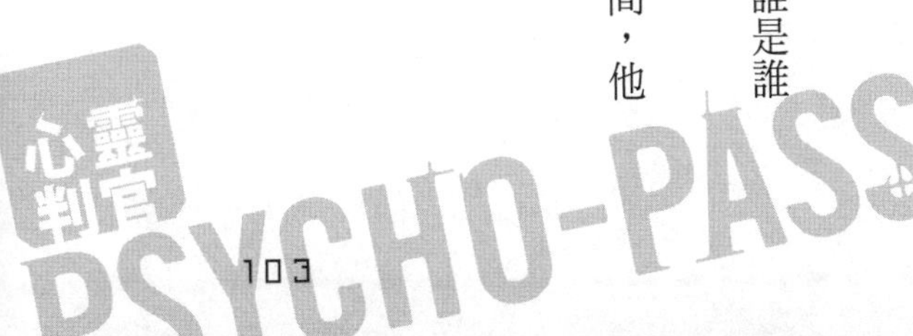

狡噛毫不介意地說。

「……快看，那傢伙來了。」

聽到征陸提醒，朱和狡噛立刻注意舞池。穿著塔利斯曼造型顯像裝扮的人物離開衣帽間，在舞池裡現身了。

「……沒辦法從這裡瞄準。」征陸皺眉。「會被其他客人擋到。」

「我去接近他。」

朱從槍套拔出主宰者。

『鎮壓執行系統．已上線。』

確認主宰者啟動後，朱操作隨身攜帶的顯像裝扮裝置，讓全身包覆在檸檬糖造型的顯像裝扮裡，混進顧客之中，然後盡可能態度自然地走進舞池。

5

在俱樂部「EXOCET」內的包廂——VIP室——裡，有一名兩眼細長的男子，他的模樣就像個只能生存在陰暗處的吸血鬼。男子喝著酒，時而發出沙啞的笑聲，深深坐在豪華的皮革沙發裡。他的兩側有衣著暴露的美女陪伴，兩名女子都是妓女。其實男子對她們不感興趣，只是為了打發時間才找來的。

顯像螢幕在男子的手邊自動打開，行動情報裝置的視窗顯示出偵測到公安局的電波信號。

「……哎呀呀，果然不出所料。」男人喃喃自語，打從心底感到厭煩地打發掉身旁的女人，站起身走到走廊，用行動裝置打電話：「御堂先生？」

『崔九聖。有麻煩了是吧。是警察嗎？』

冒名頂替虛擬人物的男人——御堂問。

細眼男——崔九聖說：

「如同你的猜想。剛剛在舞池偵測到主宰者的信號，有公安局的刑警潛入舞池裡。」

『果然是陷阱……該死的鬼魅布吉。』

「不用說，你當然會逃吧？要是你被逮到，我們也很傷腦筋……」

『放心吧，我還有想做的事。』

「我會掩護你，從後門離開吧。」

『外頭有多隆擋住，該怎麼辦？』

「離開時請順路去男廁，我會給你電磁脈衝投擲彈。」

6

俱樂部的舞池裡，虛擬顯像——塔利斯曼放下貼在耳際的行動情報裝置。檸檬糖——朱慎重地拉近與他的距離，狡噛和征陸則在工作人員區待機，萬一有突發狀況隨時可以出擊。

就在這時候，舞池的音樂突然停止，緊接著響起類似警報聲的刺耳雜音。由於那道聲音過於刺耳，刑警們忍不住閉上眼睛、遮住耳朵。下一瞬間，異常景象出現了。

只見舞池裡的客人，全部變成塔利斯曼的模樣。

「咦……」朱極為驚訝。因為連她自己的虛擬顯像，也在不知不覺間變成塔利斯曼。

「所有人的顯像裝扮同時遭到入侵！嫌犯要逃了！」征陸衝了出去。「該死，用主宰者！靠犯罪指數找出嫌犯！」

狡噛也拔出主宰者，跟著征陸衝進舞池。由於突然出現兩名刑警，加上顯像裝扮出現異常，所有人都變成塔利斯曼的模樣，顧客們無不陷入恐慌，四處竄逃。刑警們無法如願前進，只好用主宰者對迎面而來的所有顧客一一測定犯罪指數。到底誰才是真正的塔利斯曼？

征陸著急地搜尋目標，突然有個被其他顧客推開的塔利斯曼倒在他背後。征陸以為是來自背後的襲擊，立刻轉過身，抓住那傢伙的前襟。是這個人嗎？征陸勒住那名人物的前襟和脖子，將對方的身體轉了半圈，準備摔出去。

「！」那名塔利斯曼痛苦地拍打征陸的手，類似格鬥技比賽中表示棄權的動作。塔利斯曼勉強解除胸前的顯像裝扮裝置，從虛擬顯像底下現身的是朱。征陸嚇了一跳，趕緊放開手。

「抱……抱歉！」

「沒關係……」朱說完，眼冒金星地昏了過去。

『發生什麼事！』征陸和狡嚙的行動情報裝置傳來宜野座的聯絡。『大量陷入恐慌的顧客們從EXOCET的正門闖出去，每個都變成塔利斯曼的模樣。雖然我這邊也試著用主宰者確認……』

埋伏行動很明顯失敗了。

真正的塔利斯曼冒牌貨——御堂，無視混亂的場面，直接走進男廁，拿起藏在洗手台上、和芳香劑擺在一起的電磁脈衝投擲彈後，立刻離開廁所，步伐從容地走向俱樂部後門。兩架巡邏多隆配置在這裡負責監視，防止有人脫逃。御堂打開後門一道縫，從縫隙中朝多隆拋出投擲彈。投擲彈爆炸，伴隨著閃光產生強烈的電磁風暴。受到波及的兩架多隆冒出火花，停止運作。塔利斯曼趁著這個機會悠然離開。

「

一群虛擬人物聚集在交流區「布吉庭園」裡，圍繞著鬼魅布吉發出怒吼：「今天的網聚是怎麼回事！」、「妳知道有多少人受傷嗎？」、「這已經無法用活動辦得很爛來形容了！」當中不乏之前是鬼魅布吉的超級粉絲的人物，如今因出了問題而態度大變。

「該死……」鬼魅布吉啐了一聲。這類小小的背叛在網路上雖然司空見慣，但換成是自己碰上還真有點受不了。

「各……各位請稍安勿躁！那是公安局臨時闖入，和我一點關係也沒有……」

「說謊不好喔，鬼魅布吉。」

塔利斯曼從其他虛擬人物之中走出來，彷彿自己才是真正的主角。

「那些警察在發生騷動時，早就潛伏在EXOCET裡。若不是主辦人幫忙穿針引線，他們不可能辦到。高舉無政府主義的牌子、受眾人愛戴的鬼魅布吉，竟然會成為體制的爪牙……這是不能容許的事。」

「你……你在說什麼！還不是因為塔利斯曼你惹出麻煩，才會被公安局盯上！」

「真正的鬼魅布吉不可能參與這種事。知道內情的事實，反而是對妳不利的證據。妳背叛了自己的角色，做出不適合這個交流區管理者的舉動……妳已不再是鬼魅布吉，沒有資格繼續擔任一個受眾人愛戴的虛擬人物。」

「你……你這傢伙又懂什麼？」

「我對妳的了解，更勝於妳自己。」

鬼魅布吉覺得塔利斯曼的話語令人發毛。

「妳所需要的，是揚棄現在的妳，回歸完美的過去。」

那種恐怖感類似凝視鏡子時會浮現的恐怖幻想：倒映在鏡子裡的自己突然變得很陌生，會從鏡子裡伸出手來勒住自己的脖子。

「不……不要鬧了！」

鬼魅布吉膽怯地大叫後，消失不見。她登出了，這番舉動十分丟臉。

鬼魅布吉忿忿地取下虛擬實境介面裝置。她的真實身分是菅原昭子。剛畢業不久的她剛開始一個人過生活，房間裡採用維多利亞王朝風格的少女風顯像裝潢。

「什……什麼嘛……那傢伙噁心死了！他以為自己是誰啊！」

昭子打開行動裝置的顯像鍵盤，修改交流區的設定。

「那種混蛋以後不准來了，再也不讓他踏進我的交流區一步。」

「沒有這個必要。」冰冷的聲音從背後響起。

昭子嚇了一跳，轉頭一看，一名面無表情的男子站在她背後。男子的體格壯碩，五官扁平得宛如能面，臉上戴著兼具行動情報裝置功能的多功能眼鏡，脖子上掛著小型虛擬實境介面裝置。他朝昭子伸出雙手。雖然登入交流區時，對於現實世界的訊息的確會反應遲鈍，容易錯過行動情報裝置的來電訊息或ＡＩ的報告，但房內出現入侵者又是另一回事。保全系統怎麼失靈了？希貝兒先知系統呢？

昭子想逃，但房間狹小，她又坐在椅子上，根本什麼辦法也沒有。男人迅速、強而有力地撲向昭子，輕易地從背後抓住她，用健壯的下臂勒住昭子的脖子。昭子滿臉漲紅地伸手向後，拚命抵抗，但男人一動也不動。

「妳自己才是再也沒有機會踏進布吉庭園了。」

不久，昭子昏死過去，臉上沾滿口水和鼻水，臉頰掛著兩行眼淚，舌頭也伸長到極限。男人放開手，迅速用塑膠繩綁住昭子。輕鬆地將再也動不了的昭子扛上肩後，男人——御堂走向隔壁的起居室。

一名身穿長大衣的男子，優雅地坐在沙發上閱讀。男子有著一張宛若藝術品般，甚至是過於俊美的容貌。這張臉多半沒有經整過形吧——不知為何，看過這張臉的人無不如此認為。偏長的頭髮，彷彿看過世界末日的預言者般的深邃眼神，看似削瘦、沒有一絲贅肉的精實身體。幫助御堂犯罪的這名男子——槙島聖護，手上拿著喬治．歐威爾的《一九八四》。

「殺掉了嗎？」

「這女人配不上鬼魅布吉，但為了繼續散播歡笑給大家，我不能讓鬼魅布吉消失。」

御堂從放在起居室的大型包包中取出塑膠墊、雷射線鋸、外科用手術刀與剪刀、營業用果汁機等器具。果汁機是在這個時代很少見、用於料理真正動物的高級餐廳用品，連堅硬的骨頭都能打成粉末。

「因此，我只好讓這個女人無影無形、徹徹底底地消失。」

「嗯，我相信你一定能完美扮演鬼魅布吉。」槙島微笑。那是類似聖人般深具包容力的笑容。「如同你比葉山公彥更完美地扮演了塔利斯曼一樣。」

御堂將果汁機的插頭插上房裡的插座，按下開關測試。果汁機的刀刃強勁地高速旋轉，發出近乎慘叫的刺耳噪音。

第五章　你無人知曉的面孔

「抱歉，還讓你這個駭客幫忙處理屍體。」

坐在行駛中車內的槙島說。駕駛者是崔九聖，槙島坐在副駕駛座。不過因為是智慧型汽車，駕駛者其實不必握方向盤。

「老實說我不擅長做那種事……但我們畢竟是非法入侵，時間不能拖太久。反正肢解人也能活動筋骨。」崔九聖說。

「肢解屍體有什麼訣竅嗎？」

「比較麻煩的部位是頭髮和骨頭，小地方則要注意牙齒和指甲的處理。此外也不能小看皮膚，由於有彈性，出乎意料地硬。」

「不愧是過來人。」

「槙島先生不也有經驗嗎？」

槙島微笑說：

「對了……你對御堂將剛有何看法？」

「我不放心他。愛出風頭的人不適合犯罪。」

「不過，就是這點有趣啊。透過這個事件，能測試他的真正價值。要衡量一個人的價值，不能只看努力……而是要給予他力量。當一個人獲得超越法律或倫理的自由時，靈魂的價值就會顯現出來。我感興趣的是……當弱者變成強者，當善良市民取得能施展暴力的自由時，會發生什麼事。」

「槙島先生，你也有使用那個嗎？網路或高性能虛擬人物。」

「偶爾會，主要用來收集情報。整體說來，人們在披著虛擬人物的外衣時，較容易說出內心話。就像剛才所說的，因為比較自由吧……然而，輕鬆獲得的自由容易變成廉價的萬能感……不知道御堂將剛會怎麼做呢？」

1

在布吉的聊天室裡，扮成「檸檬糖」的朱正在和身為聊天室主人的虛擬人物「鬼魅布吉」

對話。

「……看你們捅出什麼婁子。」

「……對不起。」朱慚愧低頭。

「我要送妳從以前碰到這種情況時就常說的一句話：如果道歉便能了事，就不需要警察了。場面搞得那麼混亂，雖然逮捕了幾名潛在犯，卻讓真正的目標塔利斯曼逃走，豈不是白搭嗎？而且那傢伙還來我的交流區搧風點火，害我飽受撻伐，不知何時才能恢復形象。真是的，唉，早知道就不和警察打交道。」

「我們也盡可能做到最好了……」

「算了，我一定是瘋了才會想和公權力合作。這次的事件算我自作自受。」

「……可是，塔利斯曼牽涉犯罪是事實，妳不也是看不下去才幫忙我的嗎？」

「妳說夠了沒？我是鬼魅布吉，是無政府主義者。今後不管發生什麼事，我都不會當你們的爪牙。」

「怎麼這樣……」聊天室無預警地關閉，朱被拋進公共空間裡。

躺在公安局醫務室的朱從床上起身，取下虛擬實境介面裝置的頭戴式顯示器和手套。

「呼……」人際關係的問題讓朱感到疲憊不堪，喪氣地垂下肩膀。唐之杜注視著設置在床邊的控制台，狡噛站在她身邊。

「友情出現裂痕了嗎？」

唐之杜這句話又對朱補了一刀。

「嗚嗚……不過，其實我只知道她是我的同學，但不清楚是誰……」

「……剛才的對話有保留紀錄嗎？」

狡噛打斷對話問道。他還是一樣我行我素。

「那還用問嗎？當然有……」唐之杜回答，但不懂他問這個做什麼。朱也摸不著頭緒，詢問：「剛剛的對話有什麼問題嗎？」

「有些部分令人在意……總覺得有點古怪。」但表示質疑的狡噛接下來卻未多加說明，朱疑惑地凝望著他靜靜沉思的面孔。

三人移動到分析官研究室。包含唐之杜在內，第一分隊的所有刑警都到齊了。朱最近發現這裡算是第一分隊的第二辦公室，他們總是會在大辦公室或這裡之中挑一個召開搜查會議。反正人數不多，不需要專用會議室。

「結果讓塔利斯曼成功溜掉了。」唐之杜說：「塔利斯曼交誼廳今天也一樣，訪客絡繹不絕，葉山公彥的幽靈仍繼續大搖大擺地幫人諮詢。」

「他不只不逃不躲，還把俱樂部『EXOCET』的事件當成談笑的話題呢。」

征陸歪著腦袋說：

「是想向我們挑釁？或單純只是個蠢蛋……？」

「追根究柢，這傢伙究竟想幹什麼？」宜野座也和征陸一樣歪起腦袋。「目的只是想讓葉山公彥看似活著？」

「若是這樣，就不會整整兩個月放任銀行戶頭和外出紀錄不管吧。」唐之杜提出合理的懷疑，「只想到在社群網路動手腳的話，未免太過粗心。」

「真讓人搞不懂啊。」縢也跟著嘆氣說：「他的真正目的恐怕只是想竊取虛擬人物吧？」

「倘若他是愉快犯的話，這樣的確說得通……」宜野座似乎仍無法完全接受。「但有人會為此殺人嗎？」

一直沒發言的狡嚙終於打破沉默：

「宜野，別想理解犯罪者的心理，會陷進去的。」

宜野座不屑地哼了一聲。

「你憑什麼教訓我……你是在講你自己吧？」

狡噛和宜野座互瞪了一會兒，最後是狡噛先轉過頭。與其說是他不敢和宜野座正面交鋒，更像是想繼續討論事件。

「那傢伙或許是愉快犯，但絕不是笨蛋，他早就猜到自己被懷疑了。如果沒有事先準備，不可能同時駭入會場所有人的顯像裝扮。」

「既然他看扁我們，只好讓他知道我們的厲害。唐之杜，追蹤塔利斯曼的存取路徑。這次一定要搜出他的真實身分並逮捕他。」

「別太過激動，宜野。這個人對防止追蹤一定很有一套，所以才敢繼續大剌剌地進出社群網路。」

「那要怎麼辦？繼續袖手旁觀還像話嗎？」

「我在想，或許能用其他方法揪出他的狐狸尾巴。有件事很讓我在意。」

朱戰戰兢兢地舉手，在狡噛和宜野座的爭論中插嘴。

「我覺得不該漠視執行官的直覺。我願意對狡噛先生的搜查方針負責。」

「……好吧，你們想怎麼做就去做吧，我會繼續用追蹤的方式搜查。」

狡噛和朱離開分析官研究室，在走廊上移動。

「狡嚙先生……你說你很在意某件事是什麼？」

「妳不覺得妳和鬼魅布吉的對話不太對勁嗎？」

「……咦？你是指哪裡……？」

「說不上來，所以我才想確認這個。」

宜野座帶著滕與六合塚去追蹤嫌犯的存取位置。

朱則是和狡嚙與征陸前往刑事課的大辦公室。

狡嚙專心用行動裝置調查他感到「不太對勁」的原因，無事可做的朱只能靜心等待結果出爐。狡嚙覺得不對勁的地方只有他自己知道，這種「不對勁」的感覺類似頭痛，無法與別人共有。征陸站在離狡嚙和朱略遠的位置守望著兩人。

狡嚙仔細地反覆確認朱和鬼魅布吉的對話錄影。

「……雖然我自己是不會用，但這些真的有趣嗎？」征陸對朱問道。「例如虛擬人物或虛擬實境、社群網路服務和交流區這類玩意兒……我不是瞧不起，是真的無法理解。真的有趣到令人難以自拔嗎？不論呼吸、流汗或吃飯，我們終究得靠現實的這副身體吧？」

「征陸先生，你這種人現在算是瀕危物種了喔。」朱苦笑。「網路只是種工具，和料理東西用的刀子、記錄事情的紙沒什麼差別，沒有好壞之分。『因為存在於那裡，所以接受它、

使用它』，如此而已。」

「真厲害……妳很會說明嘛，像個老師一樣。」

「嘿嘿～」朱有點害臊。「真的嗎？」

「妳聽過盧梭嗎？」征陸問。

「盧……梭……？」

「讓．雅克．盧梭，是個哲學家、思想家。」

「請等等，我搜尋一下……」

「不用，我全都背起來了。」

征陸用手指比出手槍形狀，抵在自己的太陽穴上說：

「他在著作《論人類不平等的起源和基礎》中舉了一個例子：森林裡有兩名獵人在討論該去獵兔子，還是合作捕捉大型野獸……妳認為哪邊才是正確判斷？」

「當然是後者。這是賽局理論的基礎：合作戰勝大型敵人。」

「沒錯，這就是人類的社會性。舉凡言語、信件、通貨、電話……這個世上任何一切溝通工具，都是為了強化這個社會性而存在。」

「…………」

「既然如此，小姐，妳認為網路有這種效果嗎？」

朱動腦思考征陸的問題。行動裝置與網路虛擬世界在朱出生時已經發展得很成熟，接下來只是不斷微調升級而已，因此，她沒辦法將現在和網路制度尚未成熟前的時代做比較。只不過，她認為當前社會很順利。她有在網路上認識的朋友，現在所有家電也幾乎都和網路連線。

朱回答：「我想……應該有吧。」

不知是否有聽到兩人的對話，狡噛面無表情地反覆確認錄影。螢幕顯示出布吉庭園的聊天室，鬼魅布吉和檸檬糖正在對話。

布吉：「明明職能適性獲得全年級第一高分，卻選擇進入公安局的怪人，在同學之間不變成茶餘飯後的話題才奇怪呢。」

布吉：「賣點人情給公安局的未來幹部不是什麼壞事。」

喀嘰喀嘰，狡噛略嫌用力地敲著電腦鍵盤。

布吉：「如果道歉就能了事，就不需要警察了。」

布吉：「唉，早知道就不和警察打交道。」

「……找到了。」狡嚙的話中帶著確信。

「咦……啊？什麼？」朱仍搞不清楚狀況。

「前後的用詞習慣不同，一開始是『公安局』，之後卻變成『警察』。」

「這說不定只是偶然吧？」

「那麼，來清查所有能取得的對話紀錄吧。」狡嚙操作電腦，和資料庫連線，輸入關鍵字進行搜尋。「我就知道……鬼魅布吉的對話紀錄中，幾乎沒用過『警察』這個名詞。今天早上和妳對話的是別人。」

「不會吧，怎麼可能……？」

「別忘了，我們正在追緝盜取他人虛擬人物並且冒名頂替的殺人犯。」

「！」朱的雙眼因恐懼、不安與驚訝而睜得渾圓。

2

偽裝巡邏車來到貧民區——江戶川區，在廢棄區域角落的一棟老舊公寓大樓前停下，宜野座、六合塚、縢下車，從警車後半部分離出來的公安用多隆也開始行動，刑警們從多隆的貨櫃中拔出主宰者。

「追蹤ＩＰ位址，查到犯人是從這裡操作塔利斯曼這個虛擬人物。」宜野座將主宰者收進槍套說。

縢抬頭看建築物。

「哇……這麼破爛的大樓居然還有高速網路？」

三名刑警慎重地走進大樓裡。公寓彷彿一座滅亡多時的王國城堡，通道上散落著垃圾與玻璃碎片，牆上有塗鴉。樓梯的轉角處，有個遊民正在料理抓來的鴿子。他抓住鴿子，用菜刀「喀吱」一聲砍斷頭。「噗。」看到這個，六合塚忍不住笑出來。受到影響，縢也跟著笑了。

「有什麼好笑的？」宜野座露骨地表示不高興。

「鴿子的頭被砍斷了，那個聲音很像折斷樹枝。」

六合塚恢復原本的撲克臉說。

宜野座咂嘴，說：「真搞不懂你們這些執行官……」

三人來到公寓九樓——目標房間前。

公安用多隆以紅外線與音波從門外進行掃描，宜野座的行動情報裝置顯示，內有電磁波遮

蔽裝置，無法掃描室內。

滕和六合塚默默以眼神示意。滕先指自己，然後豎起兩根手指表示「第二」，再指六合塚。六合塚默默點頭。

「破門。」宜野座低聲下達命令。

公安用多隆前進，伸出三根前端裝有室內鎮壓用空氣霰彈槍的機械臂。多隆同時發射三挺霰彈槍，將兩個鉸鍊和門把打穿。

滕率先踏著「砰」地一聲倒下的門板衝入室內，六合塚尾隨。兩人舉起主宰者尋找嫌犯的身影。但是——

進入房間後，發現房內一整面牆貼滿了電影《盜日者》的海報。房間中央有一台沾滿血汙的營業用果汁機，果汁機四周有許多類似炸彈的物體像是襯托般堆疊起來。炸彈的振動感應器啟動，引爆雷管。

「糟了！」

滕和六合塚迅速後退，輕盈但奮力地跳躍，翻滾越過公安用多隆上方，躲進它們背後。宜野座見狀也迅速趴下。設置在房內的炸彈爆炸，整個角落籠罩在火焰之中，爆風與衝擊波一口氣震碎了周圍房子的窗戶。

六本木商務旅館的一室，御堂取下虛擬實境介面裝置的頭戴式顯示器，用行動情報裝置接聽電話。

「……你打電話來表示有壞消息了。」

『那可真抱歉啊。獵犬踩到陷阱了。』崔九聖說。

「終於啊……」

『雖然要我準備多少個代理伺服器和偽造ＩＰ都沒問題……但你真的還要繼續嗎？』

「當然，我有那個義務。」

『好吧，畢竟你是槙島先生的愛將。發生萬一時，請用那個工具吧。那在你逃亡時能發揮作用。』

「我明白了。」

『拜託好好幹啊，我是說真的。』

「…………」

通話結束，御堂面無表情地瞪著頭戴式顯示器。

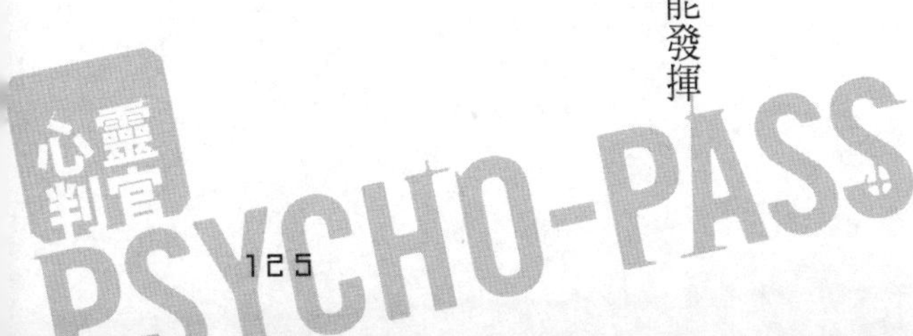

變成爆炸現場的公寓現在被顯像膠帶和多隆封鎖起來，消防車、救護車也趕到現場。爆炸的房間仍冒著濃濃黑煙。宜野座靠在偽裝巡邏車的翼子板上接受公安用多隆的緊急治療。雖說是治療，但其實只是被碎片割到，傷勢不重。

「為什麼你們反而沒事……」

「喂，別這樣瞪我們嘛。」滕說。

「或許是平時有積陰德吧。」六合塚說。

這時，宜野座的行動情報裝置顯示來電，是狡嚙打來的。宜野座接聽：「怎麼了？」

『又有新的被害者，就是那個鬼魅布吉。』

位於文京區的公寓——菅原昭子獨居的房間裡，鑑識多隆忙進忙出，正在搜尋證據。狡嚙以眼角餘光掃視這般情景，用行動情報裝置打電話給宜野座。

「我們將條件縮小在常守監視官的同學、住處不明、擁有豐厚網路廣告收入的人物，立刻找出鬼魅布吉的真實身分。菅原昭子，二十歲。和葉山公彥的情形完全一樣，在她住家的下水道裡發現遺體的碎片，但是虛擬人物仍在網路上徘徊。」

狡嚙瞥了一眼室內。朱萬分沮喪，征陸在一旁守著她。

「……推測死亡時刻是今日清晨，或許她昨天一離開EXOCET就被殺了。」

『回去和唐之杜重新訂立搜查方針吧。這樣下去，只會被那傢伙玩弄於股掌間而已。』

宜野座煩躁地說，狡嚙結束通話。

朱眉頭深鎖，表情沉痛地握住拳頭。

「是我害的……我把她捲入事件裡了……」

「小姐。」

「都是我的錯，都是我害的……」

朱差點淚崩。菅原昭子的確是朱的同學，但是她在教育課程中不算起眼，與朱幾乎沒有交流，兩人不怎麼親密。即便如此，自己負責的案件害熟人被殺的衝擊性依舊太強烈。朱覺得腳步虛浮，天旋地轉，心靈快和身體分家，膝蓋止不住顫抖。

看著這樣的朱──

「妳有主張要把鬼魅布吉……菅原昭子當成誘餌嗎？」狡嚙說。

「……沒有。」朱搖頭。

「妳強迫她幫忙嗎？」

「沒有。」

「妳把她的情報透露給敵人知道了嗎？」

「沒有。」

「既然如此，妳錯在哪裡？」

「是沒錯……可是她還是……」

「對。假如我們昨晚就逮住犯人的話，菅原昭子就不必犧牲。這是我們全體的錯……現在妳只需要想著該如何完成妳的職責。我們一定要找到犯人。」

征陸也點頭贊同狡噛的話。

「……到頭來，只有這個方法能告慰死者的在天之靈啊。」

3

刑事課第一分隊的成員再度聚集在唐之杜的研究室裡。

「……我將條件限定在有經營流量排行榜前幾名的交流區，且有使用可疑代理伺服器的用戶，找到了幾個目標。接著和登記者聯絡後，又發現一名可疑人物。」

唐之杜研究室的螢幕上顯示出某個交流區的影像。這個籠罩在幽暗黃昏裡的靜謐懷舊空間，讓人聯想到放學後的教室。

「虛擬人物名為『驚悚末日』，是交流區『藍雨』的經營者，帳號登記者是個八十二歲老爺爺。我向他本人確認後，得知帳號是他孫子的，他只是當人頭。但他的孫子其實早在半年前已死於意外。」螢幕接著映出大頭照和死亡證明。「時任雄一，十四歲。問題是他的『驚悚末日』在他死後仍繼續活動。時任的祖父不僅不懂社群網路的登入方法，還以為網路廣告收入是老人年金呢。」

「藍雨也是……很紅的社群網路。」朱露出驚訝的表情。「我常去逛。」

「幽靈虛擬人物不斷增加……果然是同一名犯人嗎？」滕兩手盤在胸前開口。

「一個人能同時操縱多名虛擬人物嗎？」宜野座問。

「對重度用戶來說，這算是小菜一碟。也有工具程式能讓人在多個帳號之間切換。」唐之杜回答。

「我覺得真正異常的地方是犯人的演技。」朱說：「遭犯人竊占的虛擬人物不但沒受到懷疑，反而還比正牌的更受歡迎。」

但宜野座還是無法接受。

「參與這些人經營的討論區的用戶有幾千、幾萬人，為什麼沒人發現是假的呢？」

「因為本來就沒有所謂的真假。」

狡噛低聲咕噥，所有人注視著他。

「這些人是網路偶像。偶像並非單憑本人的意志而得以成立。葉山和菅原不是只靠自身力量就建立起他們的地位，必須加上身邊粉絲的幻想，他們才能成為塔利斯曼或鬼魅布吉……偶像的內心想法或真實身分不等同於該角色的理想形象。就算有粉絲能更高明地表演出眾人對偶像所期望的形象……那也不奇怪。」

「你想說犯人是這些人的粉絲？」征陸問。

「驚悚末日、塔利斯曼、鬼魅布吉……熟知三名角色的特性，還能完全模仿的人。換句話說，真犯人應該是這三人共同的熱情粉絲。」

「要怎麼分辨？」宜野座眼神狐疑地望著狡噛，「你知道同時是這三人粉絲的用戶有多少人嗎？」

「有個搜尋方法……」狡噛說完站起來，走到唐之杜的控制台旁。「首先是塔利斯曼。先篩選出頻繁進出他的交流區的前一百人，接著將他們一天在該交流區的停留時間做成圖表。重點放在葉山公彥的死亡推定時期的前後。」

唐之杜根據狡噛的指示設定搜尋條件，螢幕上立刻顯示出一百張折線圖，折線圖的時間是兩個月前的前後約一個月份。

「……這段期間好像每個人的停留時間都降低了耶。」縢說。

「那時正是塔利斯曼評價下滑的時期，恰好以兩個月前的這天為分水嶺逐漸回升。」朱說：「葉山被殺，塔利斯曼被嫌犯搶走的時期……」

「相反的，也有好幾個常客從這個時期起就不再進出塔利斯曼的交誼廳。重點在於圖表的模式。」狡噛顯露步步進逼獵物的銳利眼光。

「『驚悚末日』時任雄一是半年前死亡，『鬼魅布吉』菅原昭子則是三天前死亡，應該能找到和這種模式相同的用戶。」

「原來如此，那名虛擬人物就是真正的犯人……」

「沒錯。犯人奪走被害者的虛擬人物的瞬間，就沒有必要以訪客身分造訪自己經營的交流區了。」

「……怎樣？有合乎條件者嗎？」

唐之杜用控制台進行搜索後，打了個響指。

「只有一個人完全合乎條件。御堂將剛。二十七歲，上班族……自從四年前的定期檢查後，再也沒有測量過心靈指數色相……之後也不曾出現在街頭掃描器底下。」

「如果平常就極力想避開掃描器的話，肯定有做什麼虧心事。」

想避開街頭掃描器在市區行動並非辦不到，畢竟不可能在所有地方——真的連一分縫隙也沒有——都設置掃描器。基於保障國民隱私與權利的觀點，也禁止隱瞞掃描器的位置。

因此，只要先在某個能眺望四周的高台確認掃描器的位置，描繪出自己專屬的地圖，選擇安全路徑移動就沒問題。當然，這樣還是無法避開公共設施的出入口或交通機關的掃描器，想不著痕跡地離開東京都一樣難如登天。

「追蹤這傢伙的存取紀錄。」宜野座說。

「已經完成了。」唐之杜的動作也很迅速。「最近的存取時間是幾分鐘前，地點是港區六本木的商務旅館。他的住家……是同樣位於港區的元麻布。」

「常守監視官，立刻帶狡噛和征陸去調查旅館房間。」

「是！」

「我和縢與六合塚去搜查元麻布的住家。目標對象擁有爆裂物與反多隆裝備，還能破解環境顯像，是個危險人物，務必當心。」

4

在六本木商務旅館的電梯裡，常守、狡嚙和征陸手握主宰者，伴隨公安用多隆行動。征陸取出酒瓶，確認容量還很充足後，收進上衣暗袋裡。他的行動令朱感到詫異。

「那是什麼？」

「生命之水伏特加。酒精濃度高的酒，是對抗違法顯像的祕密武器。」

「咦……？」

電梯抵達目標樓層，三人走上旅館走廊。

「…………」

三人來到目標門前，朱用從旅館負責人那裡取得的卡片型萬能鑰匙打開御堂住宿的房間。狡嚙和征陸迅速流暢地侵入房間，舉起主宰者。房內看似空無一人，但房間電腦的電源開著，且隱約感覺到有人的氣息。

「我們是公安局。御堂將剛，我們要求檢查你現在的心靈指數，請你出來！」

躲在浴室的御堂衝了出來，臉上掛著一無所懼的微笑，操作手中的高性能行動裝置入侵顯

像裝置。只見沙發、牆壁或地毯等原本奢華的顯像裝潢，突然變成令人作嘔的怪誕模樣。

「！」

宛如艾雪的錯視圖般的幻象空間擾亂了刑警們的方向感。

「這是……？」

「不只是顯像裝扮，連顯像裝潢也能破解嗎！」

征陸撥開幻影，衝入室內，但一踏入房間的瞬間，發現腳下開了個大洞。

「嘖！」征陸本能地退後，瞬間感覺到身旁似乎有人——御堂——擦身而過。

狡噛雖也被幻象所迷惑，但還是立刻離開房間。這時，他發現御堂的背影逐漸遠離，立刻用主宰者的槍口對準——

「狡，不是那個！」

慢了一拍離開房間的征陸大叫。主宰者對狡噛瞄準的御堂沒有反應，那是顯像——原來那個御堂只是個幻影，很快便扭曲變形，融入背景之中。

清潔人員和客人等旅館內所有人都變成御堂。就算知道誰才是真正的御堂，但因走道的牆壁與地板不停變化，讓人分不清楚真正的路在哪裡。連從房間踏上走廊也辦不到的朱，心急如焚地喊：「該……該怎麼辦……」

「大叔！」狡嚙尖銳呼喚，將打火機丟給征陸。

征陸一手接下，另一手旋開酒瓶的蓋子，用嘴巴含了一口酒，接著點燃打火機，對著天花板把酒噴出。高濃度酒精被引燃，像馬戲團表演一樣噴出火焰。

火災警報器因此啟動，撒水器噴撒大量滅火劑。在滅火劑的干擾下，顯像投影無法聚焦，失去功效。

試圖逃亡的御堂總算現身了。

狡嚙用主宰者瞄準了一臉吃驚的御堂。

『犯罪指數．三三五．執行模式．致命．實彈槍．請慎重瞄準……』

御堂全力奔跑，狡嚙對著他的背影開槍。原本說來應該能直接命中，卻被通道轉角擋住，只打中左前臂，血液沸騰爆裂開來。身受重傷的御堂繼續奔跑，衝進逃生梯裡。

被滅火劑淋成落湯雞的狡嚙放下主宰者。他原本打算繼續追趕御堂，但兩人的距離已拉開太遠。

「憑那身重傷，他是逃不掉的。接下來就交給宜野座他們吧。」

御堂的住家也在港區，就在御堂租用的商務旅館附近。御堂知道公安局會封鎖出口，便

由窗戶爬出，跳到隔壁大樓，在頂樓上奔跑，又跳到另一棟大樓頂樓，中途穿過逃生梯回到地上。御堂氣喘吁吁地總算回到自己的房間——接下來該怎麼辦？先讓情緒平靜下來再說吧。

左手的重傷暫時先用束帶止血，但由於失血太多，御堂的臉色鐵青。即便如此，御堂還是按下室內顯像的按鈕。以起居室的沙發為中心，塔利斯曼、鬼魅布吉、驚悚末日以顯像投影的方式登場。

「你回來了，御堂。」驚悚末日說。

「歡迎回來！」鬼魅布吉說。

「歡迎回來！」塔利斯曼也開口。

「嗯，我回來了……我沒事……」

臉色蒼白的他打從心底愉快地和顯像們一起坐在沙發上。

「你們是永恆的……不受肉體拘束，經過集體智慧的鍛鍊……是最接近理型的靈魂……沒有人能看輕你們。我不會讓任何人破壞你們的尊貴！我……我一定會守護你們……」

這是哲學家柏拉圖的理型論。何謂理型？這個世界並不存在「完美的」三角形，但人們知道理想中存在著完美的三角形，所以，當人們看到任何不完美的形狀，便會把它和自己心中的完美三角形做比較。所謂的理型，就是這種「完美而理想的模式」。

「謝謝。」驚悚末日說。

「謝謝你。」鬼魅布吉說。

「謝謝你，御堂。」塔利斯曼說。

「你們過去指引我方向，今後我會和你們一起引導人們、引導世界。你們是永恆的，不被任何人拘束，也不被任何人阻撓……」

御堂追求虛擬人物，虛擬人物追求絕對正確的主人。沒有其他人妨礙的餘地。這是個已然完成的空間。

然而——

三名虛擬人物的顯像一起嘲笑御堂。

「……話說回來。」

鬼魅布吉「自行」開口了。

「你難道不能幹得更高明一點嗎？御堂。」

「等等，這到底是……」

「我一直在尋找。有件事情我非得弄明白不可，為此我會不擇手段。」

這次換塔利斯曼自動說起話來。接著，驚悚末日也跟著說：

「你讀過寺山修司的作品嗎？」

「咦……」御堂打從心底懼怕發抖，理性逐漸崩潰。「寺……寺山？」

「建議你去讀他的戲劇《再見吧，電影》。劇中的所有人都是其他人的代理者，而代理者們又使用虛擬人物做為代理，進行交流。」

「你是……槙島？」

槙島聖護——

他坐在三面牆整面都是超大尺寸書櫃的房間裡。房裡沒有燈光，一片黑暗，做為唯一光源的螢幕照亮了配戴頭戴式顯示器的槙島。他的嘴角掛著和御堂房內的顯像們同樣的嘲笑。

「你熟知一切虛擬人物的個性，能巧妙模仿、裝扮成任何人。這樣的你自身的個性究竟如何？我很感興趣，所以我借你人力、借你力量。」

御堂陷入錯亂，在自己房間裡暴怒地揮舞手腳。

「住手……還我，別用那個聲音說話！」他憤怒地流淚，用單手猛搔頭。槙島毫不在意地借用虛擬人物們的嘴，繼續開口：

「……老實說，到中間為止還不錯。」身為鬼魅布吉的槙島說：「但是，我已經看到你的極限。什麼人都能扮演的你，結果什麼人也不是——構成你中心的個性是空無、是空虛的，你連自己的臉孔也沒有。因為你是個無臉妖怪，所以才能戴上任何面具。」

「囉唆……閉嘴！」

「你創造出過度封閉的狀況。交流區與高性能虛擬人物並不是用來創造自己分身的事物。好不容易獲得理想的『代理人』，你卻只用來強化你的孤獨。我本來有點期待你是否能創造出全新的交流形式……我真的很遺憾。看來跟你道別的時候到了，御堂將剛。」身為塔利斯曼的槙島說。「帶來死亡的獵犬即將登場。希望在最後一幕，你能不再借用別人的角色，而是以自己的風格來表現，如何？」

「你這傢伙說什麼——」

室內的顯像系統突然關上，瞬間變回毫無生活氣息的空間，御堂孤獨地被拋在起居室裡。接踵而來的是門被破壞，公安局的刑警們闖入，三把主宰者不由分說地對準御堂。

「！」實彈槍模式的殺人電磁波同時發射，集中攻擊御堂上半身。只遺留腰部以下部位，御堂的身體爆裂開來，瞬間死亡。飛散的肉片附著在牆上，大量鮮血從半截身體中潺潺流出。

御堂擁有危險的爆裂物，還能破解顯像裝置，必然是有某種專業背景。如果可以，宜野座希望用麻醉槍擊昏他，將他帶回偵訊，可惜主宰者不允許。這把槍下達了「格殺勿論」的命令，不容許變更。人類和主宰者，哪一方才是「主人」呢？毋庸置疑，當然是與希貝兒先知系統連線的主宰者。

縢和六合塚握著主宰者，分別確認浴室或臥房，確認是否有更進一步的危險。

「……解決了。」

「應該沒其他人了吧……？」縢不安地問。

宜野座困惑地俯視御堂的屍骸。在做破門而入的準備時，御堂的怒吼連在走廊上都聽得一清二楚，像是「囉唆」、「閉嘴」之類的……

「……他究竟在和誰對話？」

5

事件解決後的傍晚，朱來到公安局本部大樓的頂樓。

「妳這次做得很好。」

宜野座很難得地約了朱兩人單獨談話。

「結果找到犯人的還是狡噛先生。」朱的短髮在頂樓的風中飄動。「沒想到他竟能如此精準地掌握犯人的思考，並預測他的行動……」

「這就是執行官。他們擁有和罪犯相同的心理傾向，才能辦到這種事。」

「可是……狡噛先生安慰過我、鼓勵過我。就算他是潛在犯，我也不認為他和御堂那種殺人魔擁有同樣的心靈。」

「監視官只要堅守監視官的職責就夠了，並且和執行官徹底劃清界線。」

「那是這份工作的鐵則嗎？」

「不，是我個人的經驗法則。」

宜野座出乎意料的回答讓朱有點驚訝，腦海中再次浮現他說過的話：

『愚者從經驗中學習，賢者則以歷史為鏡。』

「過去的我犯了錯，失去一名好夥伴。我阻止不了他，所以不希望妳重蹈覆轍。」

宜野座取出行動情報裝置，將事先準備好的郵件發送出去。

「這是人事課的機密檔案，禁止外流，妳看過之後就直接銷毀吧。」

朱打開行動情報裝置，確認郵件。內容是狡噛的個人資料。

『狡噛慎也執行官。男性。二十八歲。』

『前監視官。教育課程最終考察分數為七百二十一分，當時全國第一名。』

「……咦？」

『在未解決事件（公安局廣域重要指定事件一〇二）的搜查中，犯罪指數急速上升，卻不願接受心靈治療，執意以搜查為優先。』

『犯罪指數超過規定值，被降格為執行官。』

第六章　狂王子的歸來

1

狡噛「監視官」穿著筆挺的訂製西裝，在髒亂的巷子裡奔馳。他手裡拿著主宰者，臉上充滿煩躁與恐懼。從配戴在耳上的通信器傳來同事——宜野座監視官的聲音。

『牧羊犬二號，你跑得太前面了！你現在人在哪裡？』

「獵犬四號他……我找不到佐佐山……現在是怎麼回事？那傢伙去哪裡？」

部下執行官——佐佐山在三天前失蹤了。他在和狡噛一起追蹤嫌犯的過程中消失，今天卻突然在這一帶發現他的主宰者訊號。

『狡噛，冷靜一點！現在無法掌握狀況，你先回來再說！』

「我要把佐佐山帶回來。他肯定在這附近……或是這附近有關於他的線索。」

『那是陷阱！難道你看不出來嗎！』

宛如實驗室的天竺鼠，狡噛在迷宮般的巷子裡來回尋找。接著，他來到一處死胡同——巨大顯像燈飾廣告裝置的背後。在那裡，狡噛發現類似祭壇的物體，不由得倒抽一口氣。祭壇上有著由手或腳等人體部位以難以想像的順序組合起來的異常裝置藝術，位於中心的則是人頭，而且，兩眼嵌上了打磨得像鏡子一般明亮的硬幣。

「……佐佐山？」

公安局內，執行官宿舍裡，狡噛在自己房間的床上醒來，全身滿是冰涼的汗水。那起事件發生後已過了三年，但只要在夢中回到現場，心臟一樣會快速跳動，當年血淋淋的衝擊再度甦醒。狡噛深深呼吸，讓急促的呼吸平緩下來後起身。

「…………」

狡噛點燃香菸，走到後面的資料室。牆壁上滿滿貼著資料、照片與手寫筆記，角落有監視官時代的狡噛和生前的佐佐山面帶笑容的合照。狡噛靜靜凝視那張照片，那是兩人唯一一張合照。早知道會發生那種悲劇，就該好好用顯像攝影機記錄下來才對。逐漸燒盡的菸灰掉落腳邊，狡噛沒有發現。

2

任何公家機關裡，都有個隸屬於被選擇者的聖域，公安局的聖域是最上層的局長室。公安局的局長禾生壤宗，看著桃花心木製的奢華辦公桌上的小型螢幕中的影像。宜野座直挺挺地站在辦公桌前。禾生正在確認常守朱的檔案。

「那個新來的女孩子似乎挺努力嘛。」

禾生局長說，聲音穩重又有威嚴。

宜野座剛成為監視官時，她就已經是公安局的老大，如今年紀應該有五十歲了。臉上雖有皺紋，卻給人「本來就該存在於那裡」的自然感，年老的象徵在禾生銳利且知性的面容上不是扣分要素。她還戴著一副兼作高性能顯示幕的眼鏡。宜野座對局長說：「她的經驗還不夠，思想多少有點偏差，但無疑是一名優秀人才。我認為她的未來大有可為。」

「如果真是這樣就好了，但她也很有可能落入和你那位同學同樣遺憾的下場……」

禾生的話刺痛宜野座的心。宜野座努力恢復冷靜，不在臉上表現出來。

「我知道你們監視官的職務很辛苦，但這裡是培養未來擔任公安局要職的菁英分子不可避免的試煉之地。只有證明自己擁有面對無數罪犯與執行官們扭曲的心態仍不動搖、不被迷惑，而能完成任務的不屈不撓精神者，才有資格進入厚生省本部任職……宜野座，你可別輕忽大意。雖然科學尚未證明犯罪指數和遺傳有因果關係，但相反地也無法證明兩者毫無關聯。我由衷期盼你不會重蹈令尊的覆轍。」

「是，我會謹記在心。」

另一方面，執行官宿舍中，縢正在自己的房間做料理。朱坐在開放式廚房的凳子上看縢大展刀工。由於掌機和遊戲軟體散亂一地，房內又有撞球台和桌球桌，總覺得很孩子氣，讓人靜不下心。

「話說回來～為什麼妳不去搜尋資料庫？小朱是監視官，應該有權限吧？」縢說。

「閱覽檔案會留下存取紀錄……日後被狡噛先生知道就尷尬了。」朱回答。「被他知道我查過這件事的話……」

「被知道又怎樣？我甚至覺得妳直接去問阿狡本人比較快。」

「如果這件事真的那麼單純，他從來都不肯說也很奇怪吧……因此我認為，狡噛先生不希望被人追問這個話題。」

「喔～」滕邊做料理邊咧嘴笑了。「妳那麼在乎阿狡嗎？是那個吧，妳戀愛了？」

「啊哈哈！」朱放聲大笑。「阿滕，你曾經愛上別人嗎？」

「……我說啊，雖然小朱妳是上司，但我好歹是妳人生的前輩耶。」滕反唇相譏後，露出自信的笑容。「別說戀愛，我什麼世面沒見過？一旦成為潛在犯，再也不必擔心心靈指數色相變混濁。我可是見識過許多妳這個模範生連想像都沒想像過的世界喔。」

朱一副完全不相信的表情，但並未表示意見。滕沒注意到朱的表情，繼續說：

「比如說這個。」

滕關掉平底鍋的火，指著流理台上的瓶子。

「果汁？」

「不是啦～這是酒喔，真正的酒。征陸大叔分一點給我的。」滕又面對平底鍋，進行起鍋前的最後調味。「這個年頭大家都怕染上酒癮，所以只敢喝安全的處方飲料或用虛擬實境來模擬，已經沒人記得酒的味道。」

「……你要喝那個？那不是拿來噴火用的？」

「啥？」

「不，沒事。」

「總之，這種危險的樂趣現在已成了我們的特權。身為潛在犯，完全不必在意心靈管理也沒問題。」

滕自豪地說，開始將完成的料理擺盤，包含帶骨的法蘭克福香腸與羅勒維也納香腸，以及炒洋蔥與節瓜，並將生菜沙拉棒裝進透明杯子裡。

「……話說回來，阿滕，你從剛才一直在做什麼料理？」

「我在做下酒菜啊。難得能享受一下，不好好品味不行。」

朱站起來，用手指拈起滕的料理，一口吞下。微辣的節瓜。

「哇，好好吃喔！」

「別和全自動調理機做出的餐點相提並論，這才是真正的料理。」

「嗯嗯。」朱開心地想接著吃法蘭克福香腸。

「喂，就說這是我的下酒菜了！」

「咦~小氣鬼。」

「不然……妳想嘗試一下嗎？」滕高舉酒瓶，不懷好意地笑。「想吃下酒菜就得喝酒。說不定我喝醉了會變成大嘴巴，把我所知道的都一五一十招出來喔。當然，前提是小朱要有膽量陪我喝酒……」

縢語帶挑釁，或許懷有某種不良企圖吧，但這也是種交易。

「要就來啊～」朱點頭，伸手要酒杯。

一小時後，盤子裡的料理被吃得一乾二淨，微醺狀態的朱仍繼續喝著酒，縢則是醉倒趴在桌子上。

「問題是……在我被採用的時候，阿狡就已經被降格成執行官……所以我也不清楚詳細情況……只知道阿狡部下的執行官被殺……」

「被殺？」

「對。那個執行官追緝犯人時，反成了受害者，記得好像叫佐佐山……他死於和其他被害人一樣的手法，聽說很悽慘……從那個事件後，阿狡就變得怪怪的，犯罪指數也一路飆升……後來，那起事件成為懸案，但阿狡還是繼續獨自搜查。」

「原來是這樣……」

「話說回來……小朱，妳的酒量為啥那麼好？」

「才不呢。」朱指著對方的臉。「是你太差了啦。」

結果，朱那天最後是在公安局的監視官休息室裡休息。昨晚太得意忘形了……朱的新發現是自己原來酒量很好，但想完全擺脫所謂的「宿醉」還是很難。那是一種目前為止未曾體驗過的頭痛感覺，朱覺得腦袋很沉重，彷彿有什麼人重重坐在自己腦中，胃也沉甸甸的，看到油膩的食物八成會吐。

「呼……」

朱在休息室沖澡。她將熱水溫度調高到自己所能忍受的極限，促進全身血液循環，又喝了休息室冰箱裡常備的運動飲料，並檢查色相。飲酒造成的影響微乎其微……不，壓力甚至減輕了，俗話說「適量飲酒，有益身心」似乎是事實。即便如此，在這個時代飲酒的習慣已幾乎絕跡，這也間接證明上個世紀整個社會受到酒精多麼大的影響。

朱整理服裝，打開行動情報裝置確認今天一整天的行程。今天的值班監視官是宜野座。除非發生重大事件，朱可以自由運用時間。她下午和朋友約好要見面，在那之前想先去一趟分析官研究室。

「可以進去嗎？」

「請進～」

一進去就見到唐之杜正在塗指甲油，六合塚則在她身旁，邊用電子書閱讀器閱讀雜誌，邊吸著能量補給果凍包。

朱來這裡是想打聽狡噛的過去。

「佐佐山執行官？嗯，當然忘不了，就標本事件嘛～」唐之杜說。

「標本事件？」聽到這個有著奇妙語感的名稱，朱不由得反問。

「我們這群站在第一線的刑警都這麼稱呼。小朱，妳聽過生物塑化技術嗎？」

「記得是一種製作生物標本的方法？」

「對。讓樹脂滲透進屍體，製成可長期保存的標本。標本事件就是活用了這種技術的獵奇殺人事件。」

唐之杜操作控制台，在主螢幕顯示影像紀錄。映在螢幕上的，是宛如美術品般被「展示」出來、遭到殘殺後的屍體。由於屍體看起來太不真實，令人猶豫是否該以「殘殺」來稱呼。那些屍體被大卸八塊，加工成假人模特兒般的模樣。沒說是屍體的話，朱多半也以為是人偶。

「佐佐山的遺體遭到分屍之後，用生物塑化技術製作成標本展示在街頭，就擺置在顯像燈飾背後。」

「太過分了……」朱喃喃自語。並非基於理性判斷，這是出自感情的一句話。

「幾千個行人以為自己在看顯像燈飾，其實正在和潛藏背後的分屍屍體面對面……這事件

曝光後，地區壓力陡然攀升，甚至啟動了新聞管制呢。」

朱這時突然想起六合塚也在場。

「啊……抱歉，在妳吃飯的時候提起這種話題。」

「嗯？有什麼問題嗎？」六合塚即使看見螢幕上的屍體特寫也無動於衷，繼續平靜地享用午餐。

「哎呀，彌生對這些毫無所感嗎？」

「……別在別人面前那樣稱呼我。」

「哎呀，在職場時還是一樣冷淡呢。」

唐之杜嬌豔地笑了。朱暗暗困惑於兩人的關係，又提出疑問：

「但我聽說生物塑化做起來相當麻煩？」

「沒錯。原本說來，必須先排除遺體的水分和脂肪，讓樹脂滲透進去，整個程序完成少說要花一個月。但似乎有某個天才做出能和水分子直接反應、將人變成聚合物的藥劑。只要使用這種藥劑，浸泡幾天便能讓人體變成塑膠塊。從分屍到完成標本……最短只需要兩天吧。」

「居然有這種藥劑……」

「怎麼看都不可能是外行人所為對吧？因此搜查焦點也集中在藥學、化學的專家上……但在搜查途中，佐佐山卻在完全不相干的事件搜查行動中發現了那種藥劑……看，就是這個人，藤間幸三郎。」

唐之杜將畫面影像切換成藤間的臉部照片。那是個表面上看起來平凡無奇，看似個性敦厚的年輕男子。

「這個人一失蹤，犯罪也停止了，他肯定和案件有關聯……但畢竟只是間接證據，結果什麼也查不出來。況且藤間沒有化學知識，藥劑是誰調製的也是個謎。」

「換句話說，藤間有共犯嗎？」

「假如製作者根本不知道藥劑被用在哪裡，要稱為共犯似乎有待商榷。關於藥劑的入手管道也是疑雲重重。當時佐佐山調查到什麼程度……如今只有上帝才知道了。」

雖然令人在意的問題多如牛毛，但和朋友見面一樣很重要。大樓頂樓，老地方的露天咖啡廳，朱和雪、佳織三人圍著桌子坐下，和女性好友一同享受甜點的療癒時間。

「……妳怎麼每見一次就憔悴一分啊。」

佳織擔心地說。

「嗚嗚～看得出來嗎？」受到朋友關心，朱有點高興。

「當然啊～」雪點頭說：「就算數字和色相沒有變化……但還是能看得出來，這叫做『心靈疲勞』吧。和壓力不怎麼相同的疲憊感。」

「當個菁英官員真不輕鬆……有好多守密義務。」佳織說。

「嗚嗚嗚，真的是這樣……對別人吐露心事時也只能講得很含糊，好痛苦喔～」

「後來妳和職場同事的關係有變化嗎？」雪問。

「最近有太多事情都讓我很驚訝……簡單說就是我被某個男性部下耍得團團轉……而且聽說那個人以前和我有著相同境遇。」

「換句話說，那個麻煩製造者以前也是個模範生，考察分數超過七百分嗎？」

佳織從以前就是個善解人意的人。朱不禁指著回答出正確答案的朋友說：

「……對！大致就是那種感覺！」

「先說，這只是我的猜想……」雪一面用吸管輕輕攪拌自己的飲料，一面說：「說不定妳那個部下和妳其實很相像？」

「……咦？」雪的話令朱感到意外，睜大雙眼回望朋友。

「外表或性格之類的先不討論，我指的是潛藏於靈魂深處的部分。」

「…………」

自己和狡噛很相似……？這種事情，朱連想都沒想過。如果是過去，同樣是深受期待的菁英監視官的兩人也許很相似，但現在幾乎可說是截然不同了——不對，可是……但是……

這時，朱的行動裝置震動起來。

「抱歉！」朱反射性地道歉，立刻打開行動情報裝置的畫面。看過郵件內容後，她慌張地站起來。「有緊急工作！我該走了！」

「喂，我們才剛見面耶！」雪責怪地說。

「對不起嘛，我下次會補償妳們！」

3

櫻霜學園是寄宿制的女子高等課程教育機關。

古色古香的五樓校舍看似木造建築，其實是由最新的環保建材建成。校園在環境顯像和最低限度的園藝布置下，形成以水池為中心、四周有著井然有序的花圃與樹木的英國風庭園。

四樓教室裡，女學生川原崎加賀美站起來朗讀文學教科書，其他學生靜靜聽她朗讀。

「『我明白女孩子愛上男人是怎麼回事。她們的心跟我們一樣真誠。』『我們男人也許話更多，發誓也多，但我們表現出來的，總誇大了內心想法；我們海誓山盟，卻情意薄。』（註3）」

「就唸到這裡吧。」剛邁入老年的女教師凜然地說。

「是。」加賀美坐下。

女教師解釋課文：

「根據被譽為文學偵探的雷斯理・霍特森博士的研究，《第十二夜》第一次公演是在一六〇一年一月六日，恰好是日本發生關原之戰的隔年。從剛才請加賀美同學朗讀的這段文章中，我們可以看出莎士比亞的作品所具備的驚人普遍性。」

學生們使用的教科書全是很普通的「紙本」書籍。這個設施並不採用電子書籍等類物品。櫻霜學園內充斥著「這個年代很少見」的事物。

因為不使用電子書閱讀器，只要豎起教科書，躲在書後做其他事也不會被教師發現。班上學生之一——大久保葦歌正偷偷使用行動情報裝置。她使用的是某種只需手指輕輕動個幾下就能輸入文章的通訊軟體，能和特定對象以短訊溝通、內容經過複雜加密是其「賣點」。葦歌一開始只是漫不經心地瀏覽對話紀錄，突然發現「王陵璃華子」捎來訊息。「！」葦歌的眼睛為之一亮。

璃華子的訊息：『妳們正在上文學課？』

葦歌手指動個幾下，輸入訊息：『對。莎士比亞的《第十二夜》。』

『莎士比亞的喜劇很無聊。』璃華子說。

『學姊討厭嗎？』

『我喜歡悲劇，尤其是《馬克白》和《泰特斯・安德洛尼克斯》。』

『那兩齣戲很有趣呢。』

『不只是有趣，重點是它們特別殘酷。』

殘酷——葦歌不出聲地複誦了這個詞，表情陶醉。

王陵璃華子不只是學姊，也是葦歌崇拜的女性。當初第一次和璃華子交談時，葦歌心想：所謂完美的人，指的就是像她這種人吧？

『……放學後要不要見個面呢？』

註3：出自莎士比亞的浪漫喜劇《第十二夜》的第二幕第四景。

看到這段文字，葦歌感動得羞紅了臉。

櫻霜學園的餐廳。

裝潢和餐具看似時代錯誤的老古董，內部倒是最先進的全自動化餐廳，學生們各自端著自動盛放到餐盤上、專為自己精心調配、嚴格計算過卡路里的餐點到餐桌上。

川原崎加賀美和霜月美佳一起用餐。加賀美是位留著短髮但不怎麼活潑，個性溫婉的少女。美佳則留了一頭長髮，頭上綁著傳統的緞帶，有一雙看似個性堅強的大眼睛，可愛的雀斑令人印象深刻。

加賀美用湯匙舀了一口飯送進嘴裡，提起一件在意的事：

「……葛原沙月同學似乎就這麼失蹤了，一直都沒回來。」

「教職員們似乎被下達了封口令。」美佳說。

「失蹤……究竟是怎麼回事呢？」

「怎麼回事是什麼意思？」

「因為不可能吧？這間學校的警備非常森嚴，不管是離家出走或綁架都不可能啊……」

「想讓一個人消失不見，一定有方法的。」

「譬如說？」

「用餐中我不想講。」

「欸～幹嘛故作神祕～」

這時，整個餐廳突然小小騷動起來，原本安穩的氣氛起了一陣漣漪。散發與眾不同存在感的少女——王陵璃華子走進餐廳裡，山口昌美和樋口祥子像部下一樣隨侍在她身旁。璃華子宛若一名女王，其他同學光是能和她四目相交就好似天大的榮幸。

璃華子的睫毛纖長、鼻梁高挺，一頭秀髮長達腰際。假如人的容貌是天使造的，祂一定是不小心把璃華子造得太美了吧，那副妖豔的美貌一點也不像是個學生。

美佳小聲問：

「……王陵璃華子為什麼會這麼受歡迎呢？」

加賀美回答：

「理由很明顯吧？她既美麗又聰明呀。」

「可是我……覺得她有點可怕。」

「為什麼？」

「她的眼神……時常顯得很虛無飄渺，彷彿注視的不是這裡，而是異次元。」

璃華子和昌美、祥子朝加賀美和美佳的桌子走過來。時機之湊巧，令加賀美和美佳不禁神色緊張起來。

「川原崎加賀美同學，霜月美佳同學。」

「妳好。」

「午……午安。」

「抱歉打擾妳們用餐。我一直很在意一件事……」

王陵璃華子的聲音冷冽清澈，蘊藏著彷彿能穿透人心的銳利。

「……什麼事？」美佳問。

「兩位沒參加任何社團吧？像櫻霜學園這種仍維持社團活動的教育機關，在這個時代已經不多見了，總覺得妳們這樣很可惜……」

「原來是想招募社員啊。」

「被妳發現了。我是美術社社長，有興趣的話歡迎來我們社辦玩。」

璃華子又面帶微笑接著說：

「另外，霜月同學，我只是有時會發呆想事情，可沒看著異次元唷……我又不是外星人。」

加賀美嚇了一跳，以唇語對美佳抗議。

『笨蛋！被聽到了啦！』

美佳吐吐舌頭苦笑，對加賀美做出「抱歉」的手勢。

幾小時後。

空氣開始染上金黃色的時間帶，夕陽斜斜地射入櫻霜學園的美術教室裡，單獨留在美術教室的王陵璃華子用鉛筆在素描簿上打草稿。雖然只是草稿，但圖案明顯充滿怪誕風格。這時，有人走進美術教室。

「……打擾了。」大久保葦歌說。

「妳來了。」在被葦歌看到之前，璃華子先把素描簿闔上。

「這是當然的呀！」

「我很高興。」

「我一直很喜歡王陵學姊的作品……」

「別談我的畫了。」璃華子打斷葦歌的話，「我聽說妳父親的事了。」

陰霾瞬間籠罩葦歌的臉。

「……令堂的再婚對象……」

「……嗯。」

「妳最近一直無精打采，果然就是因為這件事嗎？」

「……學姊有在觀察我嗎？」

「嗯，我一直很關心葦歌妳啊。」

「王陵學姊……」葦歌的雙眸噙滿淚水。

「能告訴我發生了什麼事嗎？」

璃華子的聲音變得與平時不同，充滿慈愛與溫柔；配上光輝無瑕的笑容，使她看起來就像聖女一樣。

「那……那個人……嘴上說愛著媽媽……卻露骨地……用下流眼神打量我……」葦歌聲音顫抖地說：「每次回家，我都發現有人偷進我房間的痕跡。上週，甚至還發現好幾件內衣不見了……我實在無法忍耐這種事……可是……」

「妳不敢和令堂討論這件事吧？」

「只靠媽媽的薪水，根本無法償還我生父留下的債務……沒有那個男人幫忙，肯定連我的學費也付不出來吧。我好不容易才進入……憧憬的櫻霜學園……不應該這樣的……雖然繼父的色相與犯罪指數都稱不上良好，但還不至於到要通報公安局的程度……」

「妳一定很難受。妳明明不是為了成為那男人的玩物才誕生的，卻無法選擇自己期望的人生……我很明白那種痛苦。」璃華子接近葦歌，輕撫她的頭髮說：「在這個時代、這個世界裡，任何人都一樣，盲從系統決定的適性，滿足於被強加的幸福，沒辦法實現自己真正的夢想。」璃華子像是要哄她似地訴說，葦歌流著眼淚，連點了好幾次頭。「葦歌，妳難道不想看看自己真正期望的模樣、確認自己真正的價值嗎？」

「……咦？」

「我會告訴妳，深藏在妳體內真正的美，讓妳知道自己是多麼完美的『素材』。」

「王陵……學姊。」葦歌不再流淚。

「叫我璃華子就好。」

璃華子靠近葦歌，倏地抱住她。葦歌滿臉通紅，幸福地閉上眼。璃華子在她耳畔低語：

「我們來繼續聊莎士比亞吧……」

「好……」

「《泰特斯・安德洛尼克斯》裡……我最喜歡的人物是泰特斯的女兒拉維妮婭。她因為父親的緣故被捲入紛爭，遭敵人姦汙，還被拔舌與砍斷雙手。」

「她後來怎麼了呢?那個……拉維妮婭。」

「她父親說:『她是我心愛的小鹿,傷害她的人對我的傷害比殺了我還嚴重。』……但很可憐的是,拉維妮婭最後卻被自己的父親殺死了。」

4

公安局的偵訊室裡,稍早前被逮捕的視覺毒品藥頭——金原坐在偵訊室的椅子上。坐在他對面的是表情冷酷的宜野座。

「以前有一種書寫工具叫做鉛筆。」宜野座說。

「…………」

金原一臉畏懼,視線忽左忽右,靜不下來。嫌犯們總是很擔心自己暴露在希貝兒先知系統的監視下,祕密無所遁形。更何況在進入新世紀後,公安局的權力與日俱增。在他們的一句命令下,潛在犯的人權根本只是屁,要當場處刑或刑求都沒問題。

宜野座繼續說關於鉛筆的事。

「那是一種用木材包住黑鉛，將筆頭削尖來使用的工具，黑鉛磨平後就得重新削尖才能使用。現在看來，不覺得這真是很沒效率的行為嗎？」

「……嗯？」雖然金原不明白宜野座的用意，但開始對這個話題感興趣。

「人們一開始用小刀來削鉛筆，但是那樣很容易不小心割傷手指，所以人們又發明了削鉛筆的專用道具——用一種箱狀物體固定住鉛筆，轉動旋柄帶動刀刃進行削切，如此一來便很安全了。」

「…………」

「……人類辦得到但動物辦不到的事情不可勝數，其中之一就是『安全裝置』。人類不管做什麼事都想加上安全裝置，譬如電線需要橡皮、車子需要鑰匙、性器官需要保險套，而執行官……也需要我們這些監視官做為他們的『安全裝置』。尤其是你操縱的多隆，安全裝置更是特別嚴密。」

「！」

「你只靠著一張小小的記憶卡，就能使照理說絕對安全的多隆失控。你究竟是從哪裡弄到這種東西？」

第一分隊的全體監視官、執行官在刑事課的辦公室裡集合，這次還多了個難得離開研究室的唐之杜志恩。

「視覺毒品藥頭金原所使用的安全裝置破解器，和御堂的顯像破解器……聽說這兩種破解工具都來自相同出處？」朱問。

「嗯～雖然兩邊的原始碼都只能回收一小段，但有明顯的類似之處。」唐之杜的語氣充滿自信。「我敢賭我今天穿的胸罩，這一定是同一個人撰寫的程式。」

「誰要啊。」縢吐嘈。

宜野座輕輕擦拭眼鏡，重新戴好後說：「……雖然御堂的確是社群網路的重度用戶，但他沒有那種高等駭客技術來製作破解工具，另外，電磁脈衝投擲彈也不知道是從何種管道入手的。金原和御堂背後，必然有電腦犯罪專家支援。」

如果能活捉就好了——雖然所有人都如此期望，但希貝兒先知系統並不容許。

「問題是，關鍵的金原的供詞卻是這樣……」

征陸用遙控器播放偵訊室的錄影。影片中，金原哭喪著臉，對宜野座極力澄清：

『是真的！我有一天突然就收到那封信……寄信者沒有留名字。我一直對工廠的工作很不滿……信上說：「乖乖聽話我就成為你的神。」……』

「以愉快犯而言，未免太惡劣了。」朱說。

「問題是，寄信者又怎麼能預測金原會犯罪？」宜野座表情詫異地說。

「職員都有定期健診紀錄……只要入侵主機就能輕易得到資料。」狡噛說。

「可是，那個幕後黑手幫助御堂的動機又是什麼？」征陸問。

「金原和御堂都有動機……對『那傢伙』來說，這就夠了……」狡噛喃喃低語，眼中泛著非比尋常的執著色彩。朱和宜野座立刻發現狡噛變得不大對勁。

「……狡噛？」

「殺意和手段。將原本絕對無法湊在一起的兩者結合起來，創造新的犯罪……這就是『那傢伙』的目的。」狡噛擅自離席，走出辦公室。朱嚇了一跳，其他刑警們則露出理所當然的表情。宜野座咂嘴一聲，追在狡噛背後。

「喂！」

狡噛回到執行官宿舍的房間，走進堆滿訓練器材的起居室後面、當作資料室使用的小房間。狡噛在那裡搜尋過去的資料，緊接著，宜野座連聲招呼也不打便逕自走進去。

「狡噛，你——」

「宜野，這次情況和那起事件如出一轍。事件的背後有個傢伙提供手段給空有殺意的人，將他們塑造成真正的殺人犯。」

宜野座略顯焦躁地嘆息一聲。

「好好冷靜思考吧。當年是藥劑，但這次是程式的破解工具，兩者截然不同！要將這兩者串連在一起是有困難的！」

「不，技術人員和仲介者並非同一人，而是有個將抱持殺意者和能製作殺人工具者媒合在一起的傢伙。那個人就是真正的幕後黑手。」

牆上所有資料都未電子化，是被列印成紙並以人力歸納而成的文件。狡噛有一種偏執傾向，他不信任電子媒體，重要資料都保持離線狀態。狡噛快速翻閱檔案，以人力搜尋。

「適可而止吧！你在追逐幽靈。」

「佐佐山差點追出真相了！」狡噛回頭，臉上有著激烈的憤怒。他把手上的檔案抵在宜野座鼻頭。

「我要洗刷他的憾恨……我這三年就只為了這件事……」

宜野座只能以苦澀的表情望著狡噛著魔般的憤怒。

5

櫻霜學園裡，川原崎加賀美和霜月美佳並肩走在教室前的走廊上，加賀美正一臉不滿地操作行動情報裝置。

「……怎麼了？」美佳略嫌冷漠地問。那是明知故問的表情。

「果然還是不接……」

「妳那個兒時玩伴？」

「對，葦歌。她最近發生一些事，我很擔心她……可是她好像故意在躲我。」

「放心啦，也許她只是關掉行動裝置去透透氣，轉換心情而已啊。」

美佳還是一樣冷漠、愛理不理地說。加賀美沒發現她的冷漠態度代表什麼。

「如果是這樣就好了……」

加賀美臉上憂心忡忡。

美佳就讀這個學園後才認識加賀美，加賀美和大久保葦歌則是從小認識的好朋友。直到最近，加賀美和美佳才開始像這樣經常兩人一起行動，不久前總是三人行，而且加賀美和葦歌之

間幾乎沒有美佳介入的空間。表面上是三名好友一同出遊，美佳卻老是有種疏離感。

美佳是個性略嫌神經質的模範生，心靈優美，成績也頂尖，學力測驗常和王陵璃華子爭奪一、二名，在希貝兒先知系統的職能適性判定中亦名列前茅；美中不足之處是不愛理人，講話又酸，所以常受到班上同學嫉妒。

這間學校之中，只有加賀美從一開始就和美佳很親密。

有件事只有少數人知道：加賀美和葦歌拿彼此的心靈指數色相去做戀愛配對判定，得到「適合戀愛」的結果。假如正式送去希貝兒先知系統做判定的話，甚至能獲得同性結婚的許可。一想到這件事，美佳覺得自己的色相好像快要一口氣變得混濁了，因此，她總是想到一半就避而不想。

6

櫻霜學園的美術教室裡，王陵璃華子在畫架前作畫，畫布上畫的是大久保葦歌的肖像。在璃華子後面，槙島聖護坐在椅子上看書，封面看來是莎士比亞的《泰特斯・安德洛尼克斯》。

「妳認為總算能從受辱的生命中解放的拉維妮婭幸福嗎？」

「『因為那女孩不該忍辱偷生，每次見到她，總是又會勾起他的傷心。』（註4）……您是指這裡吧？楨島老師。」

「美麗的花總有一天會枯萎凋謝，這是所有生物的宿命。想讓時間停止在盛開的那一瞬間是人之常情。」

楨島站起來，走到璃華子背後，欣賞畫了一半的圖。

「但是，假如妳把她當成親生女兒一樣憐愛……妳會『為了她，眼睛都已經哭瞎了』（註5）嗎？」

「哎呀，那可就傷腦筋了。」璃華子笑著回答楨島的問題：「因為還有更多更多的畫作等著我繼續創作呀。」

清晨，澀谷區代官山，市民公園中央的大噴水池前，一輛清掃局的車子停在這裡。噴水池

註4：出自《泰特斯．安德洛尼克斯》第五幕第二景。
註5：同樣出自《泰特斯．安德洛尼克斯》第五幕第二景。

模仿義大利觀光地的風格，顯像女神像俯視整座公園。兩名清掃局員站在水池旁，其中一個正在用行動情報裝置講電話。

「管理事務所嗎？對，我是清掃局人員。我們的多隆在顯像內部發生故障，停住了，似乎卡到什麼異物……對，沒錯。總之我們想確認一下，可以請你們先關上噴水池的顯像嗎？」

清掃局員結束通話。威風凜凜的女神像產生一陣雜訊後，隨即消失。內側有個淺缽狀物體，中心是小型塔狀顯像發生裝置。

「……那是什麼？」

「哇，好噁心。那是……人偶嗎？」

「總覺得……很像某種美術品？」

「啊～這麼說來真的有點像，只不過也太噁心了吧。」

「總之先和管理事務所聯絡再說。」

「真傷腦筋，可以別這樣亂增加設備嗎？」

直到很久以後，兩名清掃局員才得知自己發現的是璃華子的作品——分屍的屍體。

櫻霜學園的失蹤女學生——葛原沙月，經生物塑化處理後，成了塑膠化的「人體零件」。

不會腐爛，也不會散發惡臭，但無疑仍是屍體。被鋼絲吊起的兩隻手懸在空中，捧著面無表情的少女頭顱。身體擺放在桌上，腳邊有兩隻狗的標本，兩隻狗各咬著少女的一條腿。屍體旁邊有卡住而停止運作的清潔多隆。

第七章　紫蘭的花語

1

東京都存在著一間沒被公開的醫療設施。

說「沒被公開」或許過於誇張，因為附近居民都知道那是一間醫院，網路上也能輕易查到，但是，那間醫院不接受外來患者，就算打電話去掛號，也會被院方以「本院不是預約制」為由拒絕，不過，平常卻有救護車頻繁出入。

設施內有寬廣的庭園，四周環繞高牆，是一棟乾淨、整潔的白色建築。這裡不是普通醫院，因為入院者並非因疾病所苦，而是異常地缺乏氣力，面無表情，偶爾還會彷彿想起什麼似地露出空虛的笑容。

院內有很多高齡患者，看似安養中心，但也有罹患相同症狀的三十來歲男女，只是比例上以高齡者居多。大量的——彷彿夢遊症患者的集團。

王陵璃華子為了探望某人，來到這間醫院的住院大樓。

個人病房門牌寫著「王陵牢一」。牢一躺在病床上，看護人員在一旁盡心盡力地照顧他。來探病的璃華子坐在床邊的椅子上。

看護人員笑著呼喚，但牢一的表情宛如佛像般平靜，一動也不動。

「王陵先生，令嬡又來探望您了喔，您一定很開心吧。」

「……抱歉。雖然令尊看起來這樣，但他一定知道妳來探望他而開心，妳可別喪氣。」

「嗯，當然。」她說謊。

璃華子漠不關心地眺望窗外風景，中庭有許多和牢一症狀相似的患者，或一臉茫然地站著，或坐在板凳上晒太陽。

璃華子瞧不起他們——這個設施裡的所有人。他們毫無所感、毫無主張，也毫無思想，就像行屍走肉般活著，不久將如太陽下的冰塊一樣融化消失。這是一種疾病，和鼠疫、天花或霍亂一樣，能使無辜人民死亡的傳染病，但這種病原菌卻無法根除。因為這個國家靠著隔離、隱蔽這種疾病才得以行使強大權力。

憤怒在璃華子的眼瞳深處盤旋不去，她用力握緊擺在膝蓋上的拳頭。

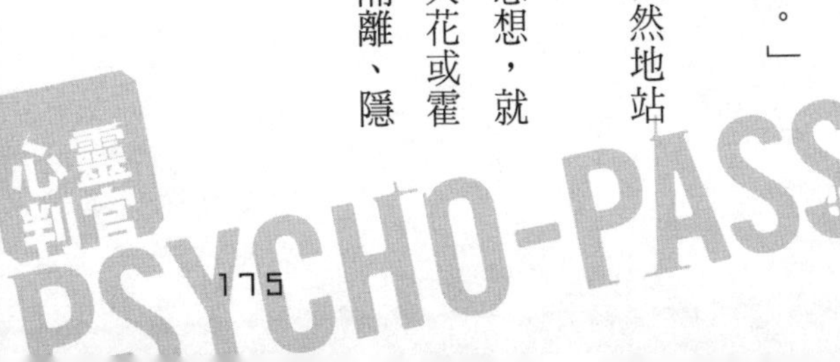

——這是一種名為「安逸」的疾病。

2

澀谷區代官山公園，公安用多隆在以顯像膠帶封鎖的案發現場忙進忙出。雖然名為噴水池，但顯像已關閉，所以現在只是個「有顯像發生裝置的缽狀空間」。

經生物塑化處理的「分屍屍體」放在小型塔狀顯像發生裝置上。被鋼絲吊起的雙手捧著面無表情的少女頭顱，兩隻狗標本一邊咬著一隻腳——狡噛凝視著這個裝置藝術，難掩不安的朱和表情險惡的宜野座跑向他身邊。

「這是……」

朱的注意力都在死相異常的屍體上。此「裝置藝術」當中，彷彿存在著某種不只對視覺造成影響，甚至連意識都會遭到侵蝕的惡意。朱立刻想起唐之杜的話：『遺體遭到分屍之後，用生物塑化技術製作成標本展示在街頭，就擺置在顯像燈飾背後。』

「狡噛，我禁止你參加這次搜查。」

聽到宜野座的嚴峻發言，朱回過神來。

「為什麼？宜野。」

狡噛很冷靜——至少表面上如此。

「你沒辦法冷靜面對這個事件。我不能讓帶有過多先入為主成見的刑警，加入第一波搜查行動。」

「怎麼這樣……還沒確定和標本事件一樣啊……」朱不小心說溜嘴，趕緊閉上嘴巴，但是耳尖的狡噛和宜野座沒有放過，兩人不約而同以銳利的視線瞪向她。一時之間，沉默的責備氣氛籠罩在朱身上。

「……要我留在宿舍待命嗎？」

結果是狡噛打破僵局先開口，宜野座點頭。

「沒錯。」

狡噛轉身離開，意外地沒有繼續堅持下去，朱和宜野座對此有點驚訝。狡噛直接走向偽裝巡邏車。執行官平常行動是用戒護車護送，但如果有監視官陪伴，也可搭乘一般警車。宜野座目送狡噛離去後，瞪著朱說：「常守監視官。」

「是……是！」

「給我好好盯著狡嚙執行官。」

「呃，請問是……」

「妳似乎已經明白狀況，應該沒必要說明了吧？妳要盯緊狡嚙，別讓他蠻幹。這就是妳這次的任務。」

除了狡嚙和朱以外的四個人聚集在公安局的刑警辦公室裡，征陸、縢、六合塚坐在位子上，只有宜野座站著。

「我來彙整一下狀況。」宜野座說。將事件要點顯示在顯像螢幕上。顯像影像隨著宜野座的說明一一變化。「在代官山的公園裡發現葛原沙月被分屍的遺體，死者是寄宿制女子高等課程教育機關『櫻霜學園』的學生，她在一週前就失蹤了。」

「慢著，櫻霜學園不是……？」征陸的眼微微睜大。

「記得是標本事件的嫌犯，藤間幸三郎任教的地方？」六合塚以不帶感情的聲音說。

宜野座點頭說：

「遺體浸泡過特殊藥劑，使蛋白質變成塑膠狀。根據分析結果，研判和三年前的事件使用的是同一種藥劑……凶手是同一個人的可能性的確很高。」

「神祕殺人魔……目前嫌疑最大的是藤間……隔了三年後又回來了嗎？」征陸嘆一口氣，似乎不太能接受這個推論。

「我有問題～」縢像課堂上的學生一樣舉手發問。「宜野小哥～不讓阿狡參加真的好嗎？他不是一直有在追查標本事件？說不定已經掌握到新證據了。」

面對縢的發言，宜野座擺出一張臭臉回答：

「我看過他的報告，根本是通篇幻想。」

執行官宿舍的共同訓練室，鋪著吸收衝擊材質的寬廣房間裡，兩名上半身赤裸、下半身穿著運動緊身短褲的男子扭成一團。

一個是狡嚙，另一個是他的搏擊練習夥伴。狡嚙渾身精壯肌肉。對戰對手面無表情，只有狡嚙滿身汗水。他閃過對手的右鉤拳，迅速使出擒抱，將對方撲倒在地。

對手用腳纏住狡嚙阻止他攻擊，狡嚙轉了半圈化解對手的防禦，變成完全跨坐在對方身上的姿勢。狡嚙從上方毆打對手頭部，一拳又一拳，就像用鐵鎚擊打般沉重而猛烈。鏗！鏗！打擊聲響起，對手的臉逐漸變形，鼻梁斷裂，下巴碎裂，眼球突出，頭蓋骨凹陷。被毆打的過程中，對手的臉和上半身產生雜訊——是顯像。為了讓模擬戰更具真實感，搏擊練習用的機器人披上了顯像外衣。

朱也在訓練室裡。

「狡噛先生，你打得太過火了……」

這句話讓狡噛回過神來。他緩緩站起來，離開對戰對手身邊。

訓練結束的警告聲響起，對手的顯像完全消失，出現的是宛若人偶般毫無特色的搏擊訓練機器人。在狡噛的暴力下，訓練機器人的頭部完全損壞。

朱確認搏擊訓練系統的控制台後，傻眼地說：「練習程式居然設定在最高級……狡噛先生，你真的是人類嗎……？」

朱又檢查訓練機器人，完全壞了。

「……待會兒一定會被財產管理課罵的。」

「是這個系統太遜。」狡噛不屑地說，走向放置衣服和私人物品的櫃子。他先拿起香菸而非毛巾，將一根菸叼進嘴裡。

狡噛抽起菸，腹部配合肺的收縮緩緩上下起伏。他的腹部有明顯的六塊肌。見到狡噛鋼鐵般的肉體，朱不小心看得入神。「…………」起伏明顯的肌肉表面被汗水沾濕，狡噛用力毆打機器人的拳頭滲出一絲血。

「……我臉上沾到了什麼嗎？」

「不，沒……沒事……」

朱移開視線，為了擺脫這種難為情的感覺，連忙找了個話題：

「明明配備了主宰者這種強力的武器，為什麼還有必要做如此重度的戰鬥訓練呢？」

「當然有。正因為使用的是強大優異的武器，使用者必須更厲害、更頑強才行。」

狡噛說著，看向自己滲出血的拳頭。

「殺死對手的不是主宰者，而是我的殺意……為了牢牢記住這點，我必須讓這裡好好感覺到疼痛才行。」

「……那句話是在教訓我嗎？」

「不。我更希望監視官永遠不要有這種心態。我希望妳使用主宰者的機會再也不會來臨。」狡噛呼出煙。「話說回來，妳找我幹嘛？」

「在那之前，請先用毛巾擦汗，穿上衣服好嗎！」

兩人來到狡噛的房間。那是一間很冷清的房間，朱坐在客人用的便宜折疊椅上。狡噛站著，若有所思地靠在牆壁上，喝著寶特瓶裝礦泉水。

「我想問你關於懸案……公安局廣域重要指定事件一〇二的詳細內容。我有事先偷窺般地調查過了，關於這點……我願意道歉。」

「為什麼道歉？」狡噛冷冷地笑了。那是帶點凶猛的笑容。

「……你不生氣嗎？」

「我為什麼要生氣？因為是過去部下被殺的案件？因為經過三年也沒辦法解決？」

「…………」

「……我不會生氣的。我如果要生氣，也是對我自己生氣。在那起案件中，我竟然連在藤間幸三郎背後牽線的幕後黑手的『邊』都摸不到。」

「你認為這次的案件也有同一個人牽涉其中嗎……？」

「不，目前還很難說。也有可能只是準備周到的模仿犯，但至少有好好調查的價值。」

「可是你被禁止參與搜查行動……」

「這倒不要緊，我也不想給宜野添太多麻煩……」

「咦？」

「我的意思是還是有辦法。我們只要找個適當的藉口，製造出不得不召我們回去的狀況就行了。」

「有這種方法嗎……？」

「當然有，等著瞧吧。」

狡噛說完，突然噤口不語。

朱還有事情沒問完，又猶豫著是否該開口，氣氛變得很尷尬。正當朱為此煩惱時，狡噛喃喃地說：「怎麼了？想問就問吧。」於是，朱決定提出問題：

「……佐佐山執行官是個怎麼樣的人？」

狡噛緬懷似地瞇細眼睛。

「他是個混蛋傢伙。」

「啊？」聽不習慣的粗話，讓朱懷疑起自己的耳朵。

狡噛不在乎地繼續說：

「……他是個色鬼，不管在工作中還是沒值班時，只要看見美女就會不顧一切地上前搭訕。唐之杜或六合塚不知道被他摸過幾次屁股。雖然每次都會被痛扁一頓，他還是從來沒學乖……另外就是脾氣很暴躁。」

「比狡噛先生還暴躁嗎？」

「我沒那麼常發飆吧？妳很失禮耶……總之是個一旦血衝腦門就不聽指揮的傢伙。我們有一次去調查沒通過色相檢查的嫌犯，破門而入後，正好看見嫌犯整個人壓在被他綁架的女性身上。主宰者的犯罪指數檢查結果是麻醉槍模式，但佐佐山說『判得太輕了』，差點徒手殺了那個男人。當時我是監視官，姑且阻止他了，但心中覺得他真是個有意思的傢伙。佐佐山是個好色且暴力，又很有意思的混蛋傢伙。」

「…………」

「至少，他絕對不該死於那種方式。妳看過屍體的資料照片了嗎？」

「嗯……」

「屍體被擺在顯像燈飾背後。」

「嗯。」

「妳知道那個顯像燈飾的內容是什麼嗎？」

「呃，我沒查得那麼詳細……」

「是藥品的廣告，廣告詞是：『安全的壓力治療。歡迎來到沒有痛苦的世界。』……驗屍報告顯示，佐佐山是被活活肢解後才製成標本……那就是犯人想表達的訊息：『人生只有一片痛苦。』

我想讓幹出這種事情的傢伙也嚐嚐同樣的苦果……不知不覺間，當我發現自己滿腦子只想著這件事時，我已經失去當監視官的資格。如果我去接受心靈治療，肯定會被禁止搜查吧。但我就是不肯就此罷休。」

「難道你不後悔嗎？」

「我對自己的行動不後悔。要說有遺憾的話，就只有我沒辦法破案。」

狡噛的語氣沒有迷惘。朱心想，這不像是單純的復仇心，而是經過漫長時間的熟成，甚至可說化為一種信念。

「關於三年前幫忙藤間幸三郎的共犯……事件的幕後黑手……有什麼線索現在還派得上用場嗎？」

「有一張佐佐山拍的照片，只是很模糊。」

狡噛進入自己的資料室，旋即回來，將手上的照片遞給朱。

那張照片極為模糊，勉強能看出拍攝對象是「成年男子」而已。拍攝對象是白髮？銀髮？

「……那張照片是從佐佐山的行動裝置裡找到的。我直覺認為這傢伙嫌疑重大，宜野卻說：『這麼模糊的照片派不上用場，而且無法證明未經加工處理的數位照片，也不能當作證據。你的直覺只是種幻想。』」

「……知道這個人的名字嗎？」

「照片檔案的名稱是……『MAKISHIMA（註6）』。」

3

櫻霜學園的教室。現在是午休時間，學生們陸陸續續從餐廳回來，開始複習或預習上課內容。有人讀書，也有人用通訊軟體和其他地方的朋友聯絡。在這種輕鬆的氣氛裡，霜月美佳在自己座位上操作行動情報裝置，川原崎加賀美兩手趴在她的桌子上和她聊天。

「聽說屍體是葛原沙月同學。」

「好像是。」美佳回答得心不在焉，正在用行動情報裝置閱讀電子書。

「葦歌也從昨天就缺席。」

「……好像是。」

「喂，妳有認真聽我說話嗎？」

「我在聽啊。」美佳關上情報裝置。「不只大久保同學，B班的山口昌美這幾天似乎也缺席。我猜這個學園正在發生某種很不妙的事，大家卻盡量不想去思考，裝作一如平常地平靜度日……但，那又怎樣？」

「『那又怎樣』是什麼意思……」

「不好的事，從一開始就不要去碰，也最好別去討論。」

「這句話是什麼意思？」加賀美不高興了。

「我覺得隨便行動似乎真的會陷入危險。我有種不好的預感，總覺得心情很浮躁，太陽穴跳得很厲害。」美佳像是頭痛似地按按自己的額頭。「肯定有某種我們無法應付的事情正在進行著。」

加賀美本來要接受美佳的說法，但仔細想想，還是無法接受。

「葦歌是我的兒時玩伴，不是妳的，所以妳才能這麼輕鬆。」

加賀美的語氣尖銳，充滿攻擊性，難以想像她平時的溫和模樣。

「…………」

——真的只是兒時玩伴嗎？美佳很想逼問出她的真心，但這麼做的話，反而是美佳會被逼

註6：「槙島」的拼音。

上絕路。

美佳極力不讓自己的心情顯露在臉上。其實她不甘心得想哭——為什麼加賀美沒感受到她的苦惱呢？她很想鼓起勇氣，但這麼做太莽撞了，希貝兒先知系統的戀愛配對判定已站在加賀美和葦歌那邊。美佳的思考不斷繞著同樣的地方打轉，心靈彷彿快被撕裂。總之，不能繼續思考關於葦歌的事，這樣絕對會因為嫉妒而使色相變得混濁……

美佳深深地嘆口氣後，簡短說了一個名字：

「王陵璃華子。」

「咦？」或許覺得她提出這名字很意外吧，加賀美訝異地望著美佳。

「大久保同學不是很崇拜王陵璃華子嗎？對方似乎也對她有意思。去問她的話，或許能得到什麼消息吧。」

連美佳自己也很驚訝，沒想到自己竟會說出如此蘊藏歹毒想法的話語。

「喔……」加賀美變得明顯提不起勁，因為璃華子在這個學園裡是高不可攀的人。

美佳心想，這樣就好，加賀美總不會真的去見璃華子。

王陵璃華子是特別獎助生，她捐了一筆鉅款給學校，因此她在櫻霜學園的學生宿舍裡有間專屬的美麗私人房。房內除了特大號的床墊，還有實體的擺設，宛如古典作品中登場的歐洲貴族的生活空間。

「呼……」

璃華子滿足地呼了口氣，緩緩爬出床單之海，像一條美麗的蛇抬起上半身，形狀優美的乳房隨之晃悠。她現在一絲不掛，身體完全沒經過整形，肉體與骨架卻極端勻稱，幾乎可說是造物者的奇蹟。腰部纖細，位置略高，令人聯想到沙漏。解剖的話，恐怕連骨骼也一樣美麗吧。

璃華子站起來，全身爬滿汗水。她剛做完激烈的運動，身上是歡愛的汗水。對象是個女孩——大久保葦歌。她讓對方嚐到瘋狂的歡愉，也從對方身上獲取許多快樂。

葦歌赤裸的腳從毛毯中露出一截。璃華子戴上行動情報裝置，披上睡袍，走到廚房拿點飲料——杯子與碳酸水——又回到寢室。

璃華子用行動情報裝置解除顯像裝潢。

「我只在特別的夜晚才在寢室展示家父的畫。」

如同璃華子所言，被顯像覆蓋的寢室牆壁上展示著怪誕風格的繪畫。結合被砍斷的頭顱、四肢與動物、花草的主題——被分屍的少女們。

「『因為人類比動物更優秀，換句話說，因為人類擁有自我、擁有精神，所以才能感到絕望。』這段話是齊克果說的，是家父最喜歡的一句話。我的父親深愛藝術與絕望。因為不知道絕望，就不會有希望。他的繪畫喜歡用分屍的人體做為題材，是因為這象徵了他自己內心的矛盾……我很尊敬父親。他很清楚自己身為藝術家的義務，一直堅持創作就該啟蒙世人，真的是很了不起的畫家。我到現在依然這麼認為。」

轉瞬間，璃華子的眼睛蒙上銳利的殺意。

「所以，我無法原諒他中途放棄自己的義務。」

璃華子憐惜地愛撫葦歌的腳，掀開蓋在她身上的毛毯。

「……昨天，家父過世了。雖然他早已是行屍走肉，但昨天他的心跳終於停止。但沒關係，我並不悲傷。父親的義務，就由我這個女兒和妳們一起完成吧。妳不認為這樣真的很棒嗎？很讓人心動吧。」

璃華子一口氣抽走毛毯，躺在床上的葦歌全身赤裸，兩眼睜得大大的，身軀僵直——她已經死了。

「——妳說是吧？葦歌。」

是璃華子殺的，但璃華子不僅不覺得愧疚，還認為葦歌應該感謝她。因為她讓葦歌在人生的最後一段時光享受了壯烈的快感。璃華子對於性愛技巧很有自信。在她還不到十歲時，就被年長女性教導過該如何享受肉體的愉悅，而且和數百名同性交往過。她對女性的身體瞭若指掌，不管是要賦予絕頂的快樂——還是殺死對方，都能隨心所欲。

4

東京都港區的高級地段有一棟占地面積廣大、庭園井然有序的豪宅。在一切都完美發揮功能的都市裡，這種老派風格反而是富裕的象徵。房子特地使用磚塊風格的建材修建而成，室外還有無人使用的網球場或游泳池，維護用多隆忙碌地來回清潔整理。這裡是大富豪——帝都網路建設之會長泉宮寺豐久的住家。泉宮寺的興趣是「打獵」，室內採用山中小屋風格的顯像裝潢，但是暖爐和牆上的動物標本都是真品。泉宮寺輕鬆坐在黑檀辦公桌前，專心整理愛用的獵槍，他對面是深深坐在沙發上的槙島。兩人剛好聊到王陵璃華子。彷彿辛勤的農夫般到處播下犯罪種子的槙島，和身為祕密提供資金給他的後援者之一的泉宮寺，兩人已認識了十年之久。

「……良性壓力缺乏性中風。」槙島說，視線仍留在書本上。他正翻著書頁的是雪利登·拉·芬努的《女吸血鬼卡蜜拉》。「……這不是公認的病名，政府否認這種疾病存在。據說死因被歸類為原因不明的心臟衰竭的案例，事實上死者大部分都是罹患這種病症。」

「我聽說過。」泉宮寺的表情平淡，沒什麼變化。「聽說是壓力紓解過度所帶來的弊害……」

「長期以來，適度的壓力被認為具有活化免疫活動的良好效果。換個說法，其實就是人生中的『張力』。走在人生大道上，難免會碰到無法避開的摩擦……或改稱為『生存價值』亦無妨。但是，基於聲像掃描的精神健康管理變成常態化的結果是人們對壓力的感覺逐漸麻痺，因而產生無法辨識刺激的患者。雖然政府宣稱，公認的壓力管理藥品沒有副作用，但也有人懷疑那就是造成這種疾病的元凶之一。」

「多麼可悲啊。人們由於太過保護自己，做為一種生物個體反而是退化了……」泉宮寺嘆氣，但是像極了演戲——是人工的嘆氣。

泉宮寺動過全身機械化手術，無須靠嘴巴呼吸，擁有人工心肺與耐腐蝕的鈦合金骨骼。

「一旦得到良性壓力缺乏性中風，這個人無異於行屍走肉。再過不久，自律神經失去功能，最後再也無法維持生命活動……事實上，雖然這個時代的醫療如此發達，統計上的平均壽命卻有逐漸縮短的傾向。只是，這是絕對不能公開的資料。」

「很正常。在這個時代，任何可做為生存價值的事物全都凋零了，已經沒有人認真討論何謂生命的意義。」

「……王陵璃華子的父親就是一個良性壓力缺乏症患者……王陵牢一，他是在某段時期曾經風靡一時的畫家。您聽過他嗎？」

「很可惜，我對藝術沒什麼研究。」

「他是正確繼承了怪誕風格系統的奇幻美術旗手；是個以少女的肉體為主題，擅長描繪出殘忍而生動的惡夢的天才，但本人卻是個極為認真的正常人。雖說作品形象和創作者的實際狀況背道而馳並不稀奇，但牢一會如此是因為他有著明確的理念。他認為，人必須正確認識藏在自己內心的黑暗與殘忍，才能培養出約束它們的良知、理性和善意……他將自己的創作活動，定義成是為了喚醒他人的這種自覺。」

「聽起來倒像是個聖人君子嘛。」

「但是，」莫名顯得很愉快的槙島繼續說：「……隨著心靈指數判定的普及，也終結了他的職責。現代人不必自我約束，只需透過機械測量，便能夠保持心靈健康……聽說牢一很歡迎這種科技的到來。因為不管方法如何，他心目中人心理想的健康狀態已獲得實現。在那之後，藝術的形式也一口氣變化，連『美』同樣被數值化，接受希貝兒先知系統的適性判定的時代來臨了。雖然，結果就是他的使命就此結束，他的人生也失去價值，但他是個比起手段更重視目的的高尚人物……不過，他的內心多半很掙扎吧。牢一為了治療壓力，立刻活用各種以尖端技術製造的壓力管理藥品。聽他女兒璃華子說，牢一倚賴藥物的程度，幾乎可稱為沉溺。」

「結果就是變成連起床也辦不到的活死人，是吧？」

「對一個仰慕父親的女兒來說，這是無法接受的事實。因為王陵牢一等於是被殺了兩次。先被科學技術殺害天分，後來又被社會殺害靈魂。」

「這麼說來，那名少女的犯案動機是替父親報仇嗎……？」

「這我就不知道了。做為一種起頭是還不錯……但是復仇這種行為，做為犯罪動機其實相當無趣。我真心期望她能跨越仇恨，找到犯罪背後的意義。」

「話說回來……跟她同校的學生未免殺太多了吧？再怎麼膽大包天，也該適可而止。」

「……我有教她不留下證據的方法。若有萬一，就讓失蹤的藤間幸三郎再當一次殺人魔吧。如果公安局的能力在我估計的範圍內，應該是會上鉤的。這種偽裝工作崔九聖很在行。假如情況真的很危險，也不是沒有管道讓她逃出國外……」

「原來如此。你認為這女孩有這等價值？」

「不，關於這點尚不確定。我只是在說，假如她有這個價值，保護她的方法多得是。」

櫻霜學園的學生宿舍，王陵璃華子的房間裡，璃華子把大久保葦歌的屍體裝進大型垃圾袋，拉上夾鍊，按下按鈕，袋內空氣立刻被迅速排出，塑膠袋緊密貼住葦歌的屍體。璃華子接著把真空包裝好的葦歌塞入行李箱，打開行動情報裝置和某人通訊。

「崔九聖？」

『我正等著您呢。我這邊的準備已經完成，您隨時都可以送過來。』

「你不適合這種裝腔作勢的語氣。先不說這這個，我又要麻煩你運送貨物。」

『了解。』

璃華子的行動情報裝置顯示出某個畫面，是以顯像重現的學生宿舍。憑崔九聖的駭客實力，要摸清校內警備系統根本易如反掌。璃華子穿上制服，走上走廊。走廊某個不起眼的角落設有清潔多隆用的垃圾輸送管。崔九聖將垃圾輸送管調整成配合璃華子的路徑。璃華子用行動裝置確認路線後，將行李箱拋進垃圾輸送管裡。行李箱像是有舵雪橇一樣沿著管狀路徑滑出。璃華子像個女王般悠然離開走廊。

學生宿舍後方有一座生物化學垃圾處理設施，各式各樣的廢棄物被送到這裡用細菌分解。璃華子靠偽造的通行證輕鬆通過保全系統，走進那個設施之中。大量管線從校舍延伸而來，連接到巨大處理槽群之中。璃華子優雅地走在這個宛如冰冷的地下墳墓的空間。

璃華子來到以顯像偽裝的地下室門前，以生體認證打開門，走下樓梯。雖然現在幾乎沒人知道了，但其實這一座垃圾處理設施設有地下室。地下室內水泥裸露，房間裡設置了類似手術檯的工作檯和特大型的水槽。

這個地下室原本是焚燒爐的鍋爐發電室，改裝後要封閉地下室時，在槙島的安排下從設計圖中被抹消了。槙島和帝都網路建設有交情。於是，這裡成了被遺忘的空間，成了一處適合犯罪的舞台。

天花板上有垃圾輸送管的出口，出口的正下方鋪著田徑社用的軟墊，璃華子裝屍體的行李箱就在那裡。

璃華子一進來，閒得發慌的崔九聖立刻走到工作檯旁。

「藥劑呢？」

「在那裡。」崔九聖指著房間角落，那裡堆放了四箱裝在塑膠容器裡的液狀藥劑。「其實我的專長不是運貨……不過這次酬勞給得不少，又能幫忙像妳這麼可愛的小姐，似乎也沒什麼好抱怨的。」

璃華子雙手戴上手術用的橡膠手套，拿起藥劑容器，打開蓋子，將藥劑倒入水槽。無色透明的液體被注入水槽裡。

「槙島老師究竟從哪裡取得這麼不可思議的藥劑……」

「他說這是以前舉辦祭典時剩下來的東西，但我不知道這玩意兒是誰製造的，也不想知道……或許製作者認為，與其拿這種神奇藥水去申請專利、上市販售，還不如讓槙島先生開心比較有意義。」

「老師身旁總是有這種搞錯才能方向的天才聚集呢。你也是其中之一吧？崔九聖。」

「嘿嘿。」崔九聖靦腆地笑了。「該怎麼說……跟那個人在一起，總覺得自己好像又回到童年……一心只想著下一步要怎麼惡作劇，才能讓世間大吃一驚，讓人樂此不疲。」

崔九聖在外國的軍隊受過破壞工作與電子戰的訓練，背負多重任務來到日本，但關鍵的「祖國」卻瓦解了。那畢竟原本就是個問題很多的國家，一旦發生裂痕，轉眼間就瓦解。那個時期不只是崔九聖的祖國，還有許多國家的政府也一同瓦解。結果，崔九聖失去目的和可歸之處，留在日本沉潛了十幾年後，被槙島相中了。

「你的心情我懂。」

璃華子將行李箱搬上工作檯打開，取出葦歌的屍體。

「你們準備玩具，我們這些惡作劇的孩子則用那些玩具在社會上大鬧一場……這樣真的很

開心呢。」

「沒錯，我們這些賣玩具的，沒那個膽量也沒那個毅力惹社會上的大人們生氣，只要能看你們這群壞小孩使壞就很開心了。」

「真的呢。我猜大人們應該快發現第二椿惡作劇了吧。請注意新聞喔。」

「我會的。」

崔九聖操作裝扮裝置，讓自己的外表變化成櫻霜學園的女學生。這是違法的全身式顯像，只要被公安局的多隆或街頭掃描器發現立刻會被逮捕，但擁有強大駭客技術的崔九聖不會被它們偵測到，他受破解技術所保護。正當他準備掉頭離開房間時，璃華子說：

「每次一到最愉快的場面，你都不留下來欣賞就趕著回去，真可惜。」

「抱歉，我最怕血腥場面了。」

說完，崔九聖就這麼離開。

留在現場的璃華子獨自嫣然一笑，取出外科手術用的鋸子。刀刃是高功率雷射，可輕易對人體「加工」。

5

隔天放學後，王陵璃華子坐在櫻霜學園的美術教室裡，對著畫架流暢揮灑。鮮血般赤紅的夕陽從窗外斜射進來，川原崎加賀美也在美術教室裡。

「說吧，妳找我想做什麼呢？川原崎加賀美同學。」

「是關於葦歌……大久保同學的事。她最近都不和我聯絡，又曠課了好幾天……所以……」

「妳很擔心她吧……川原崎同學真的很關心朋友呢。」

「她是我的兒時玩伴……」

對加賀美而言，葦歌並非單純的兒時玩伴。為什麼葦歌要來找王陵璃華子？她就是無法接受這點。若想商量心事明明可以找她，她肯為葦歌做任何事。

「她最近似乎常和王陵學姊在一起……所以我想說……學姊或許知道她的行蹤……」

加賀美說著，走向璃華子身邊，從她背後觀賞畫布上的畫。畫布上描繪的是大久保葦歌，葦歌楚楚可憐的模樣被璃華子高超的畫技轉換成二次元圖像，但是，因為用色過於強調紅與黑，有種揮之不去的陰慘與怪誕氣氛。

「這是……」

「是的，她是個非常有魅力的題材，所以我請她協助我創作。」

璃華子放下畫筆，面帶微笑回頭。

「不覺得女生之間的情誼很美嗎？如果當成創作主題，一定很能激發靈感吧。」

「呃……」

「或許用這種方式來展示葦歌學妹也是個好主意呢。」

啪嘰，加賀美對突然響起的怪聲嚇了一跳，低頭看自己腹部——璃華子手拿無針注射器貼在那裡。注射器造型類似小型手槍，能從皮膚直接將速效性麻醉劑注入目標對象體內。

「啊……？」

剛理解發生什麼事的瞬間，加賀美便失去意識。

加賀美醒了過來。不知在那之後過了多久，她彷彿做了一場慘烈的惡夢，腦袋一片朦朧。

「嗚嗚……嗯……？」

意識逐漸變得鮮明，她發現自己並不在美術教室，而是在一間從未見過的房間，似乎是地下室。接著，加賀美注意到某張熟悉的臉——是葦歌。

葦歌——明明如此呼喚，卻沒有聲音發出來。「！」加賀美這時總算發現自己的雙手被綁在背後，腳踝也被綁住，嘴巴被塞住。她全力扭動身體，但束縛她的塑膠戒具紋風不動。眼前的葦歌很明顯已經死了，因為葦歌的頭顱、軀體、雙手、雙腳都被肢解，放在水槽裡。葦歌的頭顱沉在水槽底部，這就是加賀美的兒時好友——最喜歡的女孩最後的模樣。

——求求妳閉上眼，別用那種眼神看我。

「……和兒時玩伴的感動重逢，這是多麼震撼人心的場面，多麼『藝術』啊。」

璃華子從不斷掙扎的加賀美背後的那片黑暗中悠然現身。她彎下腰，手指貼在渾身發抖的加賀美臉頰上。

「想將這種感動表現出來，讓更多、更多人看到……忍不住會有這種想法，果然是藝術創作者的罪孽吧。」

第八章　剩下的只有沉默

距離葛原沙月屍體發現地點數十公里遠的另一座公園，平常以顯像裝飾的雜木林內部，山口昌美空虛的眼睛望向天際。

「…………」

宜野座低頭望著屍體，和她四目相對。昌美一樣是被人分屍，以一朵鮮紅玫瑰為中心，身體各個部位被配置成花瓣模樣。除了宜野座，征陸、縢、六合塚也在現場。四周有多隆拉起封鎖用顯像膠帶。

「第二樁了。」

宜野座嘟囔。

「假如這是藤間幸三郎犯的案子，就是第六樁了。」六合塚說。

繼葛原沙月之後被殺害的山口昌美，也是女子高等課程教育機關——櫻霜學園的學生。

這座學園獲得文科省（註7）的特別認可，除了定期檢查和學測，可免除一切色相與犯罪指數檢查。換句話說，這裡的學生一年僅有一次機會暴露在希貝兒先知系統的監視下，不管發生什麼事，公安局都沒辦法輕易介入。

即使如此，這裡是標本事件中嫌疑重大的藤間幸三郎任教的學校，接連發生的獵奇殺人事件的兩名被害者——葛原沙月、山口昌美——又是這裡的學生，公安局的刑警們只能實際潛入這裡進行調查。

櫻霜學園的學生宿舍，宜野座、征陸、六合塚正在調查山口昌美的房間。鑑識多隆忙碌地穿梭於他們之間，搜尋證據。

「什麼線索也沒有嗎……」征陸腦袋歪向一邊。這個結果似乎出乎他的意料。鑑識多隆除

註7：全名為「文部科學省」，日本中央機構，相當於台灣的教育部。

了日常生活的痕跡，什麼也沒找到。

「同一間學校連續出現被害者，這兩起案件不可能沒有關聯。」宜野座彷彿要重新確認已知事項般說道，邊說邊在腦中彙整狀況。「一定有什麼連結。」

這時，一名小科米沙打聽消息回來了。解除顯像後，現身的是縢。

「剛聽到讓人笑不出來的新消息，似乎又有兩名學生從宿舍消失……和她們家裡聯絡過後，得知她們並沒有回家，徹徹底底失蹤了。」

宜野座焦躁不耐地捶了牆壁一拳。

「該死……到底是怎麼辦到的。就在我們面前，一個接一個……」

「只不過，實在很奇怪……明明校舍和學生宿舍的保全系統滴水不漏，簡直就像軍事設施一樣森嚴。連我們想進來搜查，都要聽文科省嘮叨個老半天……」征陸表情凝重地說：「真的有辦法把受害者從這裡帶出去嗎？」

「就算藤間幸三郎睽違三年又回來了，為什麼他會專挑櫻霜學園的學生下手？」宜野座說。「未免太明目張膽。」

「這所學園是藤間的老地盤。」六合塚說：「也許他知道警備系統的漏洞在哪裡。」

「的確有可能喔～」縢輕浮地說。他的語氣雖輕浮，眼裡卻連一絲笑意也沒有。「聽說這所學園建校兩百年了？校舍不斷改建、增建得亂七八糟的，光看平面圖就讓人頭昏腦脹。」

「……殺人現場和嫌犯的棲身處，該不會都在這座校園裡吧？」

六合塚的話令刑警們產生某種可怕的預感，不由得面面相覷。

另一方面，公安局的刑事課辦公室裡，朱和狡噛兩人坐在辦公桌前，淡然埋首於公務。朱的電腦螢幕顯示著過去案件的報告和悔過書。她邊處理枯燥的公務，邊默默注意狡噛的動向。

「…………」

朱隔著電腦偷偷觀察狡噛，狡噛完全不在意朱的行為。

不久，朱突然站起來，衝到狡噛的辦公桌旁確認他的螢幕。狡噛果然沒在辦公，而是在分析今天早上發現的屍體——山口昌美——的資料。

「你果然在看新案件的資料……是唐之杜小姐幹的好事吧！」

「沒有人幫我，只是這些資料不知不覺就出現在我的行動裝置裡。」狡噛裝傻地說。

「這種說詞簡直像小孩子的辯解……」

「妳有什麼看法？妳也看過了吧？」

「我還能有什麼看法……從藥劑分析的結果來看，只能說和三年前的案件是同一犯人的可

能性更高了……」

「我抱持完全相反的看法。」

「相反？」

「嗯。三年前的案件……例如說這個。」

狡噛抽出一份老舊泛黃的列印資料丟給朱。那是尚未整理成顯像資料的狡噛自製資料。

「……受害者之一是有貪汙嫌疑的眾議員。他被懷疑不實申報犯罪指數，或是有指數急速上升的可能性，但他憑著議員的特權拒絕接受檢查；面對媒體或在野黨的追問時，也一律用『我不記得有這件事』的老套藉口推託，試圖安全下莊。但是，他後來被殺害了。他的遺體被發現時，頭蓋骨被整齊地切開，內部的大腦整個挖空，被害者的肛門則插著大腦中與記憶功能最相關的部位……也就是海馬體。佐佐山被殺害的方式也很類似。三年前那些案件的犯人，對於殺害方法或屍體陳列方式有著獨特的堅持，刻意加入某種意義。四名被害者屍體被發現的地點全部不同，像是顯像燈飾背後、高級日式料理店、動物園、偶像演唱會臨時搭建的舞台上方……但這次的案件卻連續兩次都是『公園』，彷彿對舞台設定毫不講究。」

「怎麼說『講究』嘛……」朱有時無法理解狡噛的用詞遣字。

「我從這次的兩個案件中，感覺不到黑色幽默或特別的意義。雖然宛如某種美麗的惡夢，像是一種藝術品，卻致命地欠缺某種東西。」

「……某種東西是？」朱追問。

狡嚙略為沉思，低聲說：

「原創性……」

「你是說……原創性嗎？」

「明明大費周章地殺了人，卻感受不到犯人的主張，只見到滿滿的自我滿足。至少我自己感覺不到。」

「主張嗎……除了普通的殺意，殺人還需要什麼理由嗎……？」

「至少對藤間幸三郎來說是有的。對他而言，殺人只是為了準備材料，這和這次的凶殺案是共通的。但接下來呢？該說是屍體的……創作風格吧？兩者截然不同，呈現出來的是兩種不同的犯人形象。」

「呃……」

「智商很高，在希貝兒判定中會被賦予高收入行業，但是又相當年輕，或者是精神年齡很低。精神上對父母的倚賴心很重，有協助者……如果犯人是男人，就是和母親兩人同住；如果是女性，就是和父親同住。從屍體沒受到性侮辱來看，可推測犯人在幼年時期沒受過虐待。」

「這是……」

「半吊子的罪犯側寫。」狡噛緩緩由椅子上起身。「監視官，我想申請外出許可。」

「咦……？可是這樣的話，我必須陪同耶。」

「我的意思就是要妳跟我走。上工了。」狡噛露出肉食獸般的微笑。

啊啊，又是這種表情——朱有一絲絲不安。

2

那個設施猛然一看像個平凡無奇的大箱子，狡噛的目的地是一處蓋在郊外人煙稀少處的重度潛在犯隔離設施。朱的偽裝警車在設施正面出入口前停下。門柱上的名牌寫著「所澤矯正保護中心」。箱子裡被三道隔離牆分隔開來，最外側的隔離牆是有多隆嚴加看守的停車場。

「這裡是……？」朱像個參加校外教學的學生一樣東張西望。

「妳頭一次來嗎？也是，平常沒什麼機會來這種地方。」

狡噛下車，走向入口大廳，朱也跟上。設施內到處有監視器和多隆虎視眈眈。

「一旦我被監視官——例如妳或宜野座——判斷為派不上用場的話，我就會被丟進這裡，永遠不見天日。」

「……可是我們現在來這裡是要做什麼？」

「假如我的直覺沒錯，這次的屍體加工必然有其『範本』，所以我來問這方面的專家。」

兩人用朱的身分證明通過隔離牆，走進地下病房

狡噛和朱搭電梯下樓，走在空無一物的走廊上。這裡不只有警備多隆看守，還有鎮暴電擊網或高壓水槍侍候，連螞蟻也爬不出去。

「被關在這裡的是犯罪指數三〇〇以上的重症患者。他們是被送去定期檢查或治療……或被實彈槍處決前，湊巧被希貝兒先知系統監視網逮到，某種意義下很幸運的一群人。這裡的警備系統完全自動化，設施與網路隔絕，供電系統也獨立。一旦發生狀況，立刻會從通風口排放毒氣瓦斯……這層樓的牢房隨時會化為處刑室。」

「怎麼這樣……」

「這些人是就算逃出去，也會立刻遭實彈槍宣判死刑、等著變成一團絞肉的可憐傢伙。只要能活著，哪怕得坐一輩子的牢也好……不，或許有人會覺得乾脆死了算了。另外，也有人在

等被檢查出執行官適性的機會。那是潛在犯所被賦予的最後自由。」

「…………」

朱不知該說什麼才好。這裡的一切，血淋淋地彰顯出自己以為理所當然的事物，其實只是社會表層的假象。

走廊上合金大門一字排開，潛在犯的牢房全是個人房。門旁有大型螢幕，能輕易確認房內狀況，換句話說，被關在這裡的潛在犯什麼隱私也沒有。狡噛邁步在走廊上，跟在他背後的朱不時窺視左右兩邊牢房的螢幕。某間牢房裡有長滿鬍鬚的骯髒中年男人在閱讀厚重的書本，牢房裡汗牛充棟，男人幾乎快溺死在書海。另一間牢房裡，則有個皮膚蒼白的青年正在玩舊型家用電玩。就像這樣，潛在犯們用牢房提供的低危險性玩具，安靜地打發無所事事的時間。

狡噛來到後方的牢房門前停下腳步。

透過螢幕，得知被關在這裡的人物名叫足利紘一。他是個剃光頭、肌肉壯碩、高個子的男人，只穿一件超緊身的比基尼內衣，全身滿是刺青。刺青圖案是「皮膚底下」的模樣——換句話說，是肌肉和骨骼，因而看起來活像是個會動的人體標本，十分恐怖。足利正在對自己的右邊大腿刺青。

用朱的身分證明解除部分門鎖後，狡噛打開窺視窗。

窺視窗的大小勉強能塞進一本百科全書。在朱的眼裡，那就像是天國和地獄的分界線。足利站起來，把臉靠近窺視窗。朱瞬間有種感覺——這個潛在犯和其他潛在犯不一樣。最大的理由是足利的眼睛不像人類，像是變溫動物——爬蟲類的眼睛。

「……哎呀，小狗狗，好久不見了。」

「一段時間沒見，你身上的圖案又多了許多。已經沒地方畫了吧？」狡噛微笑。

「別看我這樣，我的身體可是很柔軟的喔。只要有鏡子，要在背後刺青也沒問題。」足利也笑了。

「看過新聞了嗎？」

「我對不懂藝術的世界沒什麼興趣。」

狡噛把葛原沙月和山口昌美的屍體照片，從窺視窗遞給足利。

「我在尋找和這兩具屍體有類似性的作品，不管是繪畫、雕刻、影像、漫畫或文藝作品都可以。」

「哎呀，做得還不錯嘛，和王陵牢一的作品一模一樣。」

狡噛轉頭問朱：

「妳聽過王陵牢一嗎？」

「不……」朱搖頭。

見到朱和狡噛的反應，足利誇張地嘆一口氣。

「唉……這時代真是討厭，竟然連王陵牢一的名字也被遺忘了。以前啊，就算被指定為有害作品，仍有許多人拚了老命地備份在網路檔案庫裡呢。現在的孩子都這麼沒骨氣嗎？」

「多虧偉大的希貝兒先知系統，那種人都和你一起被關進圍牆裡了。」

足利從牢房內的書架中取出一本畫冊，翻了幾下，打開其中一頁給狡噛看。那是一張構圖和葛原沙月的屍體配置完全相同的繪畫。

「很像對吧？」

兩者相似的程度，令朱不禁倒抽一口氣。

「牢一的作品在我的店裡一向能賣個好價錢。因為他的作品能看出明確的主題，而非一味地跟風。」

「謝啦，你幫了我一個大忙。」

「我的興趣是獸姦喔……做為回禮，和我做愛嘛。我可以幫你口交喔，小狗狗。相對的，我這邊也會頂到你的咽喉……」

朱愣愣地聽著足利的發言，狡噛冷靜地用笑容敷衍。

「改天吧。」

說完，他把窺視窗關上。

「快從搜查資料中搜尋『王陵牢一』，能找到相關內容嗎？」

「我看看……」

朱立刻操作行動裝置，視線一行行掃過顯示出來的資料。

「有個同姓的學生就讀櫻霜學園……狡噛先生，這孩子是王陵牢一的親人！」

3

「有看見行跡可疑的人物嗎……」

櫻霜學園的校舍中，征陸覆蓋在小科米沙的顯像裝扮底下，向學生們打探線索。這種模樣比較不會受到未成年少女們警戒。他也讓她們看過藤間的照片，但學生們沒什麼反應。六合塚則去調查學園的保全系統紀錄，只不過她連「該搜尋什麼」這種最基本的問題都沒個頭緒，恐

怕難以得出成果……正當征陸陷入沉思時，狡嚙突然從他眼前走過，害他嚇了一跳，立刻解除顯像裝扮大喊：「喂，狡！」由於征陸突然從小科米沙底下現身，這次換女學生們嚇一跳。

狡嚙無視他，繼續趕路向前。聽到騷動聲，宜野座跑了過來。

「那個笨蛋！」

朱出聲制止想伸手抓住狡嚙的宜野座。

「請等等！嫌犯就在學生之中！」

狡嚙發出劇烈的腳步聲在走廊上快步前進，一名有點年紀的教師責怪他：

「你這傢伙究竟想幹什麼！我們明明透過文科省，再三要求你們的搜查活動要盡量低調，別驚擾學生……」

狡嚙對教師視若無睹，朝著美術教室前進。圍觀人潮——學生們陸續多了起來。狡嚙粗暴地打開美術教室的門，璃華子坐在畫架上的畫布前面，冷靜地回頭看著狡嚙。

「妳就是王陵璃華子吧？」

「就是我，有何貴幹？」

狡嚙從外套底下背在背後的槍套中取出主宰者。槍口對準璃華子，主宰者立刻變形為實彈槍模式。

『犯罪指數・四七二・執行模式・致命・實彈槍・請慎重瞄準……』

但剛才的教師立刻撲向狡噛，抓住他的手，將槍口向下壓。這間學校是以老派教學方式為「賣點」，說不定這位教師也是在扮演過去的熱血教師角色。

「該死！」

狡噛右手拿著主宰者，用左手把教師從身上拉開，但教師還是死纏著不放，狡噛只好輕踢他一腳，阻止教師行動，這才總算能重新舉起槍口，但璃華子已經衝出走廊，失去蹤影。

「住……住手！」

教師仍然不死心地想阻撓狡噛，從背後趕來的征陸撲向教師，將他制服在地上。

「狡，快去！」

「我明白，大叔！」

狡噛說完立刻衝了出去，但有種奇妙的感覺在心中揮之不去。嫌犯——王陵璃華子——的態度冷靜過頭了，彷彿早就做好逃亡的準備。

行動裝置傳來宜野座的通信。

『現在立刻封鎖校園！動員所有多隆！』

——美術教室似乎發生了什麼事件。

公安局的刑警們忙著追緝嫌犯，來不及保全現場。

聽說王陵璃華子原本在美術教室，現在被獵犬們追逐——騷動愈鬧愈大，學生們都跑去美術教室看熱鬧，霜月美佳也是其中之一。不好的預感停止不了。聽說又有學生失蹤，美佳已經做好最糟的準備，但她沒想到加賀美真的會去找璃華子——完蛋了，太大意了，搞砸了，自己為什麼要說那種話？不，其實她知道理由，就只是出於孩子氣的壞心眼。因為她嫉妒。

美佳看見璃華子留下的畫布，不好的預感變成確信。畫布上的人物，只要是認識本人的人，不可能認不出來。

「這是……加賀美……」

4

有著一整排顯像螢幕或感應器用的控制台的櫻霜學園警衛室裡，不只校方警衛，也擠滿了刑事課第一分隊的刑警。

「怎麼回事！為什麼連個學生也找不到！」

焦躁難耐的宜野座發出怒吼，警衛和教師們嚇得縮起身體。

「這裡的警備只對出入校園者嚴加控管，一旦在校園裡玩起捉迷藏反而難找。監視器的位置到處都是死角。」縢說：「這也是一種對『來自富裕家庭的學生』的顧慮吧。」

「……能從過去幾天份的監視器錄影檔中，挑出有王陵璃華子的畫面嗎？」不同於宜野座，狡嚙很冷靜。

「只要請本部的研究室支援，這種程度的搜尋花不了太多時間……」六合塚說。

「那就麻煩妳了。」

六合塚推開警衛，坐到控制台前開始操作。宜野座深呼吸了幾下，讓心情恢復平靜後，轉頭面向狡嚙。

「話說回來……王陵牢一是嗎？你是怎麼知道有這個畫家？」

「是因為……獨創性對吧？狡嚙先生。」朱自豪地插嘴。

「妳說什麼？」宜野座語氣尖銳地反問。

「呃……就是說，犯人在意義傳達上不夠講究，所以就用罪犯側寫……然後……」

宜野座的視線從朱移到狡噛身上。

「狡噛……你從一開始就看出這兩樁案件不是藤間幸三郎幹的嗎？」

「這次犯人選擇的遺體陳列地點，只講究引人注意，所以連續兩次都選公園。倘若是藤間，絕不可能這麼做。藤間對於想表達的主題和想傳達訊息的對象有很深的執著，至於殺害葛原沙月和山口昌美的人單純只是個模仿犯……只是個一心想造成舉世譁然的小鬼罷了。」

「就算真是如此，也沒證據證明是王陵璃華子幹的吧？」

「不管如何，犯罪指數那麼高的女孩，總不能放著不管吧？」

主宰者間的情報會共享。

這時，完成作業的六合塚插嘴：

「圖像搜尋完畢，開始瀏覽。」

排列在螢幕上的大量圖像，全都是王陵璃華子被監視器拍到的瞬間的縮圖。

「……她果然是個社交性很強的孩子，身邊隨時有跟班。」征陸說。

「換句話說，她單獨行動的時候就是有問題的時候。」狡噛指著王陵璃華子單獨被拍到的縮圖，背景與其他縮圖明顯不同。「……這張圖的背景不是宿舍也不是校舍。這個是哪裡的監視器拍到的？」

「是宿舍後方的垃圾處理設施。她去那裡幹什麼？」六合塚詫異地說。

「去看看吧。」狡噛立刻出動。

多次拍到璃華子落單場面的是生物化學垃圾處理設施附近的監視器。刑警們手拿主宰者，謹慎地搜索設施內部，並用主宰者的搜索機能，找出用顯像裝置偽裝的牆壁。

「……宜野。」狡噛用手勢對宜野座和其他同事做出指示，慎重地進入顯像偽裝的牆壁裡，六合塚和征陸跟在後面支援。他們立刻找到用生體認證鎖住的暗門，便用多隆破壞鉸鍊，進入裡面。

裡頭有個祕密房間，一行人走下樓梯、來到地下室，用收在槍套裡的強光手電筒照射內部。在光環之中浮現的是人體構成的雕刻作品，被大卸八塊的手腳複雜地交叉在一起，怎麼看都用了「兩人份」的遺體，想必是失蹤的大久保葦歌和川原崎加賀美。跟著狡噛進入房間的六合塚和征陸皺起眉頭，後續進來的朱更是忍不住掩嘴。

櫻霜學園的教職員辦公室裡，靠著偽造經歷取得教職的槙島聖護坐在桌子前，假裝正在工作，同時豎耳傾聽從小型耳機裡傳來的聲音。槙島在校園內到處都裝了竊聽器，當然連警衛室

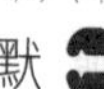

也不例外。

『狡噛……你從一開始就看出這兩樁案件不是藤間幸三郎幹的嗎？』

『這次犯人選擇的遺體陳列地點，只講究引人注意，所以連續兩次都選公園。倘若是藤間，絕不可能這麼做。藤間對於想表達的主題……』

「……噗！」聽到公安局刑警的對話，槙島忍不住偷笑。見到他這般反應，他的「同事」女教師前來攀談：

「柴田老師，你在聽音樂嗎？還是教材……？」

耳機設計成能同時聽見外部的聲音，槙島回答：「……都是。」

「都是？」

這時，一名年輕男性警衛臉色大變地衝進教職員辦公室裡。

「各位老師，抱歉打擾了！不得了了，校園內發現學生的屍體！」

包括訓導主任在內，深受震撼的教師們慌忙衝出辦公室。辦公室裡只剩槙島一個人露出透明的微笑，將崔九聖製作的破解用記憶卡插入職員用的控制台，開始入侵警備系統伺服器。

5

大久保葦歌和川原崎加賀美的屍體從地下室被搬運出來後，先安放在專用的運輸車輛裡。四周有喊喊喳喳的圍觀女學生，霜月美佳帶著苦悶的表情站在離人群較遠處。就像目送出殯一樣，她以悲痛的眼神向運載著加賀美遺體的車子道別。六合塚注意到她，走向她身邊。

「被發現的遺體……是妳的好朋友嗎？」

「……看得出來嗎？」

「看妳的表情就知道了。」

六合塚依然是一副撲克臉，但在工作時戴上的面具背後，流露出一絲同情與溫柔。

「……我一直不敢對她說出最重要的一件事，因為她總是前一句葦歌、後一句葦歌地喊著……從來沒注意過我的心情……」每說一句話，美佳就更添一分悲傷。「是我建議她去問王陵璃華子……我不該讓她一個人去的……她等於是我殺死的……」

六合塚輕輕摟著美佳的肩膀。

「……趁現在盡情大哭一場吧，不然色相會混濁的。」

美佳的淚腺潰堤了。她把頭埋在六合塚的胸前，嚎啕大哭起來。

沒有其他人在的警衛室裡，狡噛坐在椅子上獨自陷入沉思，順手依序播放監視器記錄下來的王陵璃華子影像，漫不經心地確認璃華子開朗優雅的日常生活。他打算等目前去封鎖學園的多隆有空時，透過它們把所有資料傳送給公安局。這時，宜野座進來了。

「……原來你在這裡。」

「遺體回收完畢了嗎？」

「嗯。唉，實在不忍心讓死者家屬看到那個模樣……」宜野座顯得很沮喪。「……如果一開始就讓你參加搜查的話，那兩個人或許就得救了。」

「很難說……不，應該無濟於事吧。在出現第二名受害者前的情報太少，就算我加入搜查也來不及。」

「……有太多事情說不通了。」宜野座眉頭深鎖，表情沉痛地說：「像是王陵璃華子的逃走路線、那間地下室的設備……怎麼想都不可能是區區一個女學生所能辦到的。這次的案件背後一定有共犯，說不定真的如你所說……」

宜野座還沒說完，狡噛就因發現異常而探出身子。只見螢幕中的璃華子影像突然變成一片雪花般的雜訊。

「……奇怪。」

「怎麼了？」

「檔案開始一個接一個損毀。明明六合塚剛才搜尋的時候，所有影片都沒事啊！」

狡噛切換成錄影檔案一覽，結果出現一整排顯示內容毀損的圖示。

「怎麼回事？」宜野座抱頭。「被破壞的檔案主要是美術教室的監視器紀錄。」

「全毀了嗎……不，或許還能挽救。」

狡噛靈機一動，立刻將警衛室切換成離線，但是破解仍繼續進行。狡噛注意到六合塚的記憶卡還插在上頭，馬上把還沒毀損的檔案複製到記憶卡，然後拔出記憶卡，阻斷破解程式的侵襲。他將資料複製到行動情報裝置上播放。雖然影像仍是一片雜訊，也多少帶點雜音，但勉強能聽到人的聲音。

『妳認為總算能從受辱的生命中解放的拉維妮婭幸福嗎？』

『「因為那女孩不該忍辱偷生，每次見到她，總是又會勾起他的傷心。」……您是指這裡吧？槙島老師。』

槙島——聽到這個名字，狡噛和宜野座瞬間僵住了。

6

有一半泡在水裡的廢棄地下鐵——舊都營地下鐵三田線，鐵路宛如一道淺溪。這裡和廢棄區域一樣，是為了收容雖不見容於希貝兒先知系統建構的社會，但犯罪指數並不高的人們，就這麼棄置不顧的荒廢地區，因此某種意義下這裡也算是政府設施之一。只不過潮濕的舊地下鐵在衛生層面、溫度層面都不宜居住，一到冬天更是杳無人跡。

王陵璃華子和崔九聖走進這個空無一人的地下廢墟。引導王陵璃華子從學校逃到這裡的，是用顯像裝扮偽裝成女學生的崔九聖。這裡伸手不見五指，璃華子手裡拿著崔九聖給的防災用小型手電筒。車站結構為地上二樓、地下一樓，地下部分幾乎完全淹水。璃華子從地上一樓的南方入口，登上早已停止運作的電扶梯。

——失敗了。

璃華子的眉頭不由自主地糾結在一起。屍體的擺設是用遠端遙控的多隆進行的，但是多隆並沒有發現被偵測的跡象。由此看來，她或許留下了某種意料之外的證據吧——和王陵牢一作品的關聯性？怎麼可能。崔九聖的情報顯示，公安局關於藝術作品的資料庫十分貧乏，而網路上也早就沒有任何檔案庫保留父親的作品。

櫻霜學園是個舒適愜意的地方，尤其從不缺性愛伴侶，這令被迫離開學園的璃華子感到惋惜。不知道槙島聖護會為她安排逃到哪裡？據他自己所言，他的後援者當中也有外國人——

突然間，背脊感到一陣原因不明的寒顫。

「真的是走這裡嗎？崔九聖……？」

璃華子驚訝地回頭，原本跟在她背後的崔九聖不知不覺間消失了。就在這時，璃華子的行動裝置接到來電，來電者是槙島聖護。

『為求慎重起見，我想在最後問妳個問題。王陵璃華子，妳知道妳為什麼讓我失望嗎？』

「……什麼意思？我做了什麼嗎？」

是洩漏了證據嗎？還是選錯了殺害對象？璃華子感到一頭霧水。

『嗯。毫無自覺就不可能反省了，果然無法期待妳有更進一步的成長啊。我原本以為妳是個前途無量的孩子。』

「槙島老師！你這話到底是什麼意思？」

這時，璃華子的行動裝置突然顯示「電波訊號微弱」。

「怎……怎麼回事？」

兩架獵犬型多隆——「卡夫卡」和「洛夫克拉夫特」——在黑暗中啟動，它們擁有維安用的壯碩機身與特殊合金製成的銳利爪牙，模樣異常凶猛。獵犬型多隆以雷射感應器掃描，捕捉到璃華子的身影。見到從黑暗中現身、外型凶猛的多隆，璃華子倉皇逃跑，兩架獵犬型多隆則以驚人的氣勢追趕。

泉宮寺豐久一面在遠處隔山觀虎鬥地欣賞這場追逐戲，一面整裝。他換上一套英國紳士傳統的獵狐裝扮——穿上傳統風格的長靴，繫上領巾，調整帽子，從口袋取出懷錶確認時間。

璃華子躲在牆壁的縫隙裡，閃避多隆的追殺。

「…………」她穿過縫隙，準備從反方向的道路再度展開逃命的瞬間，踩到了舊式捕獸夾。「！」銳利鋸齒深深咬住腳部，璃華子痛得大叫。肌腱似乎斷裂了，右腳踝幾乎快被夾斷。璃華子流著眼淚拚命拆開捕獸夾後爬著逃跑，抱著一絲希望打開行動裝置呼叫救援，但液晶依然顯示「電波訊號微弱」。這時，獵犬型多隆從另一邊的道路追過來，咬住璃華子的手。手掌遭縱向撕裂，行動情報裝置也隨之粉碎。

「……嗚嗚……」

璃華子已失去逃跑的力氣，蹲在地上。泉宮寺悠然走到她面前，手上獵槍的準星對準璃華子的眉心。

「小姐，遊戲結束了。」

雖然渾身是血，但璃華子倔強地笑了。

「……等到哪天槙島老師厭倦你的時候，你也會被拋棄的……」

「用不著妳操心。」

泉宮寺開槍。

頭部爆裂開來，被打飛到半空中，璃華子在積水的地下鐵鐵軌上倒下。

「妳只是隻供人娛樂的小狐狸，而我和他一樣，是負責享受的玩家。」

泉宮寺的槍聲傳到車站二樓，槙島就在那裡。他靜靜闔上文庫版的《泰特斯・安德洛尼克斯》，喃喃說出一句話向王陵璃華子道別：「……『她一生禽獸不如，毫無憐憫。所以我們也不必對她憐憫。』（註8）」

註8：出自《泰特斯・安德洛尼克斯》第五幕第二景。

崔九聖站在槙島身邊問：

「這樣好嗎？你不是挺中意那個女孩？」

「說不遺憾是騙人的，但是那個女孩逐漸顯露出她淺薄的一面……先不管她了，我發現一個更有趣的人物，希望你去幫我收集情報。」

「沒問題，儘管吩咐吧。」

「那個人隸屬於白天到學校搜查的公安局刑事課，多半是個執行官。我只知道他的姓，似乎叫『狡嚙』。」

「……看來你又看上一個很特別的對象。」

「是啊。他的洞察力和理解力十分有意思，應該能帶給我不少樂趣吧。」

第九章　樂園的果實

1

在被公安局封鎖的櫻霜學園美術教室裡。

狡噛用自己的行動情報裝置播放唯一的線索。

『妳認為總算能從受辱的生命中解放的拉維妮婭幸福嗎？』

『「因為那女孩不該忍辱偷生，每次見到她，總是又會勾起他的傷心。」……您是指這裡吧？槙島老師。』

「原來那傢伙就在這裡……」

狡噛喃喃地說，朱在他面前。

「只差一步了……已經對王陵璃華子發出通緝令，破案只是早晚的問題……」

「找不到她的。」狡噛說。

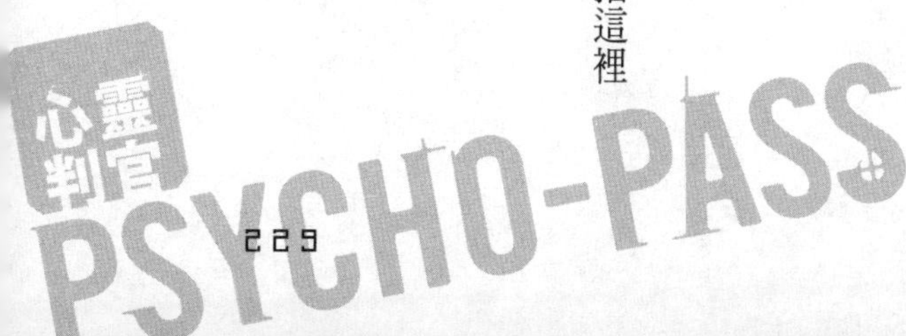

「咦？」朱驚訝地輕聲回應。

狡噛接著說：「我不確定她會被滅口還是躲起來……但我們的對手要變出這種程度的戲法，根本易如反掌。」

這時，美術教室的門打開，一臉不悅的宜野座走進來。這名監視官突然輕敲了狡噛的肩膀一拳。

「你跟我來，我有事要說。」

「幹嘛啦？」狡噛沒好氣地回答，但他不能違逆監視官的命令。

狡噛和宜野座離開後，只剩朱孤零零地留在美術教室。

「呃……」

朱心想，這就表示宜野座有些話想對狡噛說，而且不想被她聽到吧，所以她不追上去比較好……問題是，在他們兩人回來之前，她該做什麼才好？

宜野座在樓梯轉角處停下來。櫻霜學園校舍目前封鎖中，沒有學生，在房間外說話也不用擔心被人聽見。

「狡噛……呃，那個……」宜野座吞吞吐吐地說：「雖然沒詳細調查還不能說什麼，關於

『MAKISHIMA』的問題……」

「怎樣？」狡嚙想快點回吸菸區抽菸。

「王陵璃華子的背後的確有MAKISHIMA存在。以一個連續獵奇殺人案件的主犯而言，她太年輕了，沒有協助者也不可能取得那種藥劑。而且照目前為止的流程看來，MAKISHIMA和三年前的事件絕不可能沒有關係……所以說……也就是說……」

「你到底想說什麼？如果你想抱怨今天的事就直說啊。」

「對不起。」

「…………」

老朋友的謝罪令狡嚙訝異地張大了嘴。

「我才是感情用事的人。那傢伙不是你的幻想。」

宜野座現在就像個被叫到教職員辦公室訓話的班長。見到他這副彷彿平常是模範生，因臨時起歹念偷東西而被逮到的困窘模樣，狡嚙不禁露出微笑。

「……不用在意。監視官本來就該對執行官的話抱持懷疑，不是嗎？」

「可是……」

「我感覺到獵物的尾巴掃過我的鼻頭。」

狡噛的笑容逐漸從平靜轉為猙獰。

「宜野，我的心情很久沒這麼好了。」

2

朱在自宅寢室裡，穿著睡衣站在更衣鏡前，手拿隨身鏡型的裝扮裝置，操作裝置的觸控面板，從「正式場合」、「運動」、「晚餐」、「假日休閒」等選項中選了「都會潮流」。

朱搖晃裝置，不同於工作場合穿的套裝——一襲豪華顯像裝扮包覆她的身體。每一揮動，服裝搭配就隨機變化。朱輕輕擺個姿勢，確認搭配，一旁的虛擬顯像——凱蒂愉快地看著她。

凱蒂啟動推測迴路，搖身一變換成偵探打扮。然後……

「好！」

朱點頭，決定服飾搭配。

『決定好了嗎～？』

「嗯，幫我把這身搭配登錄在『我的最愛』裡。如果有衣櫥裡沒有的服飾，幫我去網路訂購，要趕在明天以前送達喔。」

『用顯像裝扮不好嗎？』

「明天不用值班……想說直接穿實體衣服出門也好……」

凱蒂以拳敲了一下手掌，恍然大悟地說：

『難道說，是約會嗎……？』

朱馬上滿臉通紅地否認：

「才……才不是呢！」

朱的家裡。朱穿上和昨天登錄在「我的最愛」裡一樣的衣服，在寢室略施薄妝。凱蒂飄浮在朱身旁，打開顯像型錄。

『要不要買點禮物送給約會對象呀~？這邊還有搭配用的花束……』

「就跟妳說不是了！凱蒂！重來，消除記憶！」

『遵命~重置推測迴路~』

家庭管理用ＡＩ虛擬顯像理所當然是絕對服從主人的命令。

朱站起身看看時鐘。

「好像還太早……凱蒂，隨便播點新聞吧。」

『厚生省上傳新的推薦影片了喔～』

「好，就看那個。」

厚生省機械化保健局贊助的新聞節目「改變明天的高等醫療技術」開始了，螢幕上秀出女主持人與年長的來賓。

『今天本節目很榮幸能請到全身機械化的先驅，同時是推動地下都市更新計畫的帝都網路建設的會長——泉宮寺豐久先生。』

『……請各位多多指教。』

節目在古老巴黎露天咖啡廳風格的顯像攝影棚錄影，舒爽的人工陽光照耀下，女主持人和泉宮寺豐久園坐在小圓桌面對面談話。

「隨著義肢的高性能化與顯像的裝飾效果，醫療用途的機械化技術已經完全融入我們的生活中。但是……像今天的來賓泉宮寺會長這種除了腦和神經系統以外，全身都機械化的情形依然十分少見。」

「我覺得很不可思議，為什麼大家不早點捨棄不方便的肉體呢？」

「不方便……嗎？」

「柏拉圖曾經說過：『肉體是靈魂的牢籠。』」

3

公安局執行官隔離區域的入口前，朱的車子在停車區停下，狡嚙早已在那裡等候她到來。身為執行官同時是潛在犯的狡嚙，身旁有守衛多隆貼身監視著——只不過，多隆今天似乎看守得太緊了點。一身與平常無異的西裝打扮的狡嚙，也不知為何一臉厭煩。

「狡嚙先生，你怎麼好像很不開心……？」

「我只是想抽根菸，結果差點被那架破銅爛鐵給咬了。」

對「破銅爛鐵」這個詞產生反應，守衛多隆又朝狡嚙逼近。

「混蛋，想幹嘛？」狡嚙準備朝守衛多隆踢下去，朱連忙阻止。

「怎麼突然就吵了起來嘛，真是的！」

狡嚙不悅地咂嘴，搭上朱駕駛的偽裝巡邏車。

朱生氣地鼓起腮幫子。

「……抱歉啦。」

「咦？」狡噛的道歉令朱感到困惑，不知道他是在對什麼道歉。是關於他剛才對守衛多隆的行為？還是關於這趟行程本身？

「畢竟我們執行官沒辦法擅自外出。」

「啊，嗯嗯。」原來是這件事啊，朱明白了。「不，請別在意，我自己也有興趣。」

車子發動後，原本暫停的新聞節目又開始自動播放。

「要關上嗎？」

「不，沒關係。」

節目繼續介紹帝都網路建設的會長——泉宮寺的生平。

泉宮寺是個傳奇人物。從海外的大型建築到厚生省的九連大樓，由他公司施工的建設多到不可勝數。同時，泉宮寺也是在希貝兒先知系統導入前——世界經濟徹底崩潰的大混亂期，便持續站在第一線指揮東京都市更新事業的偉人。

不只過去的豐功偉業，即使在從第一線退下來的現在，泉宮寺仍被當成話題人物的理由在於他的「身體」——機械的身體。驅動他身體的是人工臟器和人工血液，以及大量靠分子馬達運作的仿生細胞；他的臉及皮膚表面是由極為精巧的高分子化合物所構成，怎麼看都不像是個「機器人」。

泉宮寺的腦和神經系統是由原本的身體直接移植過來。他的腦靠無線訊號和身體控制系統連結，能將神經訊號即時數位化，對人工肌肉下達命令，因此甚至比一般「肉體」的反應來得更迅速。

「事實上，我已經超過一百歲，但還是愈活愈快樂。原來克服年老是這麼幸福的事……沒動過機械化手術的人，恐怕一輩子都不懂這種感覺吧。」

「但是，聽說就算使用最新技術，腦的壽命頂多只能維持一百五十年左右。腦的完全機械化仍有許多尚未克服的難題……」

「是的，必須對大腦基底部位注入神經生長因子。不過，只要讓我的腦部發揮到極限，至少還能撐個五十年左右。只能期待在這段期間，科技有突破性的發展了。」

「倘若我們真的能解決這個問題……」

「是的，不老的時代即將來臨。」泉宮寺眉開眼笑地點頭說：「上帝以自己的形象造人，人差不多也該接近上帝了吧？」

「……根據問卷調查結果，對全身超過百分之五十機械化表示『不能接受』的民眾占大多數。另外有報告指出，人們對於不是為了修補因生病或受傷而受損的器官，而是直接將健康的器官機械化有強烈的排斥。」

「我能理解反對者的心情，所以今天才會在公開場合現身說法……」

「謝謝您。」

「說穿了，這只是程度上的問題……英國思想家湯瑪斯·霍布斯主張，人類是一種裝了名為『心臟』的引擎的自動化機械。這就是他的機械論。」

「聽起來很哲學啊。」

「妳覺得全身機械化的我討論哲學很不可思議吧？」

「不，我不是這個意思……」

「譬如說，妳。」泉宮寺指著女主持人說：「其實妳也是個機器人喔。」

「我並沒有裝義肢，也沒使用人工臟器啊。」

「但是妳隨身攜帶行動情報裝置吧？」

「呃……可是大家都有帶啊？」

「妳會使用裝扮裝置嗎？」

「當然。」

「而且妳的住家會採用家庭自動化系統和ＡＩ祕書……假如這些系統的資料因災害或事故而一口氣不見了的話，妳會怎樣？」

「這……」主持人吞了吞口水說：「恐怕直到修復為止，我什麼工作也做不了吧。」

「妳記得朋友或家人的電話號碼嗎？或是公司的號碼？」

「…………」

「自己的社會保險編號？」

「……不記得。」

「一旦這些機械故障，縱使只是一時性的，仍會造成妳的社交障礙。明明在生活中如此仰賴電子裝置，卻說自己沒有機械化，這很欠缺說服力喔。對妳而言，行動裝置已相當於第二個大腦，不是嗎？」

「……確實是耶，生活中有許多工具已經相當於身體的一部分。」

女主持人莫名地對泉宮寺露出「我認輸了」的表情。

「科學史向來是人類身體功能的擴張史，或者，乾脆稱之為人類的機械化史也不為過……

所以我才說，這只是程度上的問題。」

4

幾乎是全自動駕駛的汽車在高速公路上飛馳。駕駛者是朱，狡噛坐在副駕駛座上。朱的偽裝巡邏車進入埼玉縣秩父市，下了高速公路後行駛在森林小徑上。這裡是秩父市的郊區，穿過溫泉旅館、露營場地或小木屋等設施，不久便來到有著「私有地」看板的森林深處，這裡到處設置了監視器。車子進入一個小廣場，找到類似停車場的空間，在該處停下。朱和狡噛下車，兩人抬起頭，見到前方有一棟外觀素淨堅固的三層樓住宅。

狡噛按下大門對講機按鈕。「您好，我是狡噛。」

『喔，等我一下……』

朱大致觀察周遭環境，小聲說：

「這裡幾乎沒使用環境顯像呢……」

「教授最討厭那種東西了。」

接著聽到開鎖的聲音，門開了，從裡頭走出一名表情精悍、滿臉鬍渣的中年男子。

「……好久不見，雜賀教授。」

「別再叫我『教授』了，狡噛……取消大學制度都過幾年了。」

雜賀望向狡噛身旁的朱。

「請問這位小姐是……？」

「您好，我是公安局的監視官常守朱，今天還請您多多指教。」

「歡迎兩位，快進來吧。」

兩人進入雜賀的家中，被招待去書房。書房裡堆滿論文影本或舊書，以及過時的ＤＶＤ－Ｒ，遮住整片牆的書架上理所當然地塞滿資料。雜賀坐在厚重的桃花心木桌前，狡噛坐在訪客用的皮革沙發上。

「要喝咖啡嗎？」

「好。」

「啊，好的！」

「雖說這裡除了咖啡，也沒有別的。」

書房角落有咖啡機。雜賀倒了兩杯看似十分美味的熱騰騰咖啡，端到朱和狡噛面前。朱端起桌上的杯子，不由自主地把臉湊近杯子聞著香氣。咖啡香十分濃郁，似乎光聞氣味就能讓頭腦清醒過來。這是用真正的咖啡豆沖煮的嗎？

雜賀隔著桌子，坐在朱的正面。

「常守朱監視官……妳出生於千葉縣嗎？」

想喝咖啡的朱一瞬間停下動作。

「是的……」

「妳的運動神經明明不錯……可是，不知為何……」說到這裡，雜賀以試探性的眼神觀察朱。朱有點緊張地喝了一口咖啡。

雜賀說。「是的，妳不會游泳。」

朱差點把口中的咖啡噴出去。「噗……」

「令尊和令堂……」雜賀繼續說，以銳利眼神觀察朱的反應。「……都仍健在。他們很擔心妳這個遲遲沒有交往對象的獨生女。當然，也很反對妳進入公安局。至於祖父和祖母……」

聽到祖母的瞬間，朱的嘴唇動了一下並眨了眨眼。

「應該是祖母。妳奶奶很疼愛妳，妳也很親近她。通常幼年時期愈是和高齡人士長時間相處的人，長大後愈能和虛擬顯像的人工智慧建立良好關係。常守小姐也吻合這種模式……」

「請問您看過我的資料嗎？」

「妳以為區區民間人士有權力閱覽公安局監視官的資料嗎？」狡噛說。

「啊……」

「雜賀老師，您還是一樣犀利。」說完，狡噛笑了。

朱不停眨眼，發問：「剛剛……是怎麼辦到的？」

「我只是觀察了妳一下。人在無意識間會釋放出種種訊息，只要懂得訣竅，就能輕易讀出這些訊息。」

「最大的賭注是一開始猜測的出生地吧？」狡噛像是在對答案般問道。

「我一看就知道妳不是出生在東京都，就是在關東地區。不過，出生地就算猜錯，對方也大多不甚在意。」雜賀說：「妳的衣服很新，但時尚感很人工，表示妳不是很愛玩，日常生活大多仰賴顯像裝扮。我故意提起運動，給妳一點壓力，妳的肩膀肌肉立刻變得緊繃了些，並連忙喝了一口咖啡。這些或許只是下意識的舉動，但全都是種提示……嚇到妳真抱歉，不過玩這種小遊戲可以讓接下來的對話更順暢一點。」

「雜賀讓二……老師……專長是臨床心理學。」

朱帶著敬意說出他的名字。本人比朱聽說的更加厲害，真是個了不起的人物。

「我原本只是幫警方做精神鑑定或協助辦案，不知不覺間，主軸卻轉移到犯罪研究上。」

「我們今天來，主要是有兩件事想拜託老師。」狡噛延續話題。

「儘管說吧。」

「第一是想請老師對我身旁這位監視官上短期的密集課程。」

「聽說現在公安局的訓練課程，已經不怎麼認真教犯罪心理學了。」

朱點頭說：「像是罪犯側寫……已經被視為落伍的方法。但我非常有興趣……應該說，最近開始產生興趣。」

「對我這種遺世獨居的人來說，能收到新學生真是感激不盡。另一個呢？」

「老師，可以請您讓我們確認一下您手上目前為止教過的學生名冊嗎？」

狡噛的表情嚴肅起來。

「這是公安局的強制命令嗎？」

「不。我知道這違反了老師的職業道德，這是我個人的請求。」

「幸好你沒打算用權力逼我低頭，否則我會拒絕到底。」雜賀苦笑著站起身。「就讓你看名冊吧。你想找誰？」

「一個恐怕是希貝兒先知系統誕生以來最凶惡的罪犯。」

「怎麼說？」

「我相信這名男子擁有極高的智商，肉體也很頑強，並且具有獨特的非凡魅力。他鮮少親自直接下手，而是掌控他人心靈、影響他人，宛如科學實驗似地指揮他人進行犯罪。」

「……狡嚙，你懂什麼是非凡魅力嗎？」

「通常被用來形容具有英雄性、有統治天賦……」

「這個回答只有二十分……非凡魅力有三大要素：『具有英雄性、預言者的特質』、『能營造出讓人和他在一起會感覺很舒服的氣氛』，最後是『對一切事物都能滔滔雄辯的知性』。狡嚙，你在找的是哪一種類型？」

狡嚙略為思考後回答：「我想……他具備了全部的要素。」

5

公安局刑事課的大辦公室裡正在進行搜查會議，在場的是宜野座、征陸、滕、六合塚等人。顯像螢幕上顯示出一名白髮老人，老人的照片底下標著「柴田幸盛」這個名字。

「嫌犯表面上的身分是櫻霜學園的美術教師柴田幸盛。」征陸表情苦澀。「實際上，柴田是一個住在安養中心、毫不相干的老人，他的經歷遭到竄改。嫌犯便是利用這個身分混進學園裡當教師。」

縢手肘貼著桌子說：「……虛虛實實的經歷反而更是惡劣且巧妙。」

「但是選擇教師這種必須拋頭露面的工作，真不知是大膽還是愚蠢……」宜野座說。

「說到這點……」六合塚說：「問題是影像資料全都被破壞，勉強只留下一段短短的錄音檔，只能以舊式的合成照片和模擬畫像兩種方法來通緝他。當然，我們兩種都試過了。」

「從妳的語氣聽來，應該是兩種辦法都沒有用吧？」宜野座不愉快地說。

「是的……美術是選修科目，只有極少數學生和嫌犯談過話。雖然也請那些學生協助畫模擬畫像，但結果都很糟糕……」

「她們不是選修美術嗎？」

「這個世代的孩子，從小身邊就充滿顯像裝置，反而使她們對他人容貌的辨識能力降低。即便正確素描出靜態物體的能力和以前沒有太大差別，但在面對不怎麼熟識的對象或沒興趣的人物時就沒轍了。她們畫的人像幾乎都只是畫個圓、撇幾條線就結束……」

「這件事在我學生時代就已經成為問題了……『都市的冷漠人際關係』、『對鄰居的漠不關心』。」

征陸說著，似乎比平常更顯蒼老幾分。

「我們也請嫌犯的同事協助合成出照片。」

六合塚敲了幾下鍵盤後，缺乏特徵的中年男子照片浮現在顯像螢幕上。

「……佐佐山的模糊照片都比這個好上幾百倍。」征陸傻眼地說。

「總之，這個男人被王陵璃華子稱呼為『MAKISHIMA』。」宜野座挪挪眼鏡位置說：

「總算和佐佐山留下的最後線索連接上了。」

在高速公路上奔馳的人工智慧車踏上歸途，朱坐在駕駛座，狡嚙坐在副駕駛座。由於車子幾乎是全自動駕駛，坐在駕駛座上也沒什麼特別需要做的事。狡嚙想抽菸，但朱絕對不同意。公用車輛內基本上是禁菸的。

「……有幫上妳的忙嗎？」

「是的，我的收穫非常多，和我過去上過的任何犯罪學課程都不一樣……雜賀老師的觀點真是太精闢了，我實在很疑惑，為何沒納入公安局的資料庫呢？」

「因為那是不可能的。」

「……出過什麼問題嗎？」

「這是希貝兒先知系統和大學制度仍然並存時的故事。雜賀老師來公安局替刑警們上特別課程時，一開始每個人都認為這是能教育出優秀學生的最棒課程。但某天發生一個大問題，部分參與課程的學生色相開始混濁、犯罪指數上升，雖然不是所有人都如此。」

「！」

「當學生人數超過一定數量後，就算是雜賀老師也無法掌握每個人的心理狀態。但是像今天這樣一對一的教學就沒問題，而妳也是天生色相不容易變混濁的那種人。」

「可是……怎麼上個幾堂課，就會造成犯罪指數上升……」

「……有個深不見底的黑色沼澤。」狡嚙彷彿在朗讀詩句般說道：「想調查沼澤，就必須潛進去。雜賀老師因為調查過很多次，早已經很熟練，但學生們就不見得人人潛入沼澤後都能平安歸來……也許是能力不夠，或單純不適合這麼做。」

「……狡嚙先生感覺可以潛得很深，而且一定能平安無事地回來。」

「不，這很難說。」

狡嚙冷冷地自我解嘲，舉起手上執行官用的行動情報裝置。

「至少希貝兒先知系統判斷我回不來了。」

覺得很尷尬的朱，接下來只好沉默。

車子停進公安局的停車場，兩人下車搭進電梯，前往執行官宿舍——隔離區域。抵達目的地樓層後，在通道上走了幾步便看見隔離區域的鐵門，四周有多隆警戒。感應器偵測到狡噛和朱，鐵門升起。

「那麼，今天就在這裡道別吧，明天又要回歸日常的搜查工作。」

「嗯。」

狡噛邁向隔離區域，恰好在穿過鐵門的瞬間，轉過頭來說：「對了。」

「嗯？」

「這件衣服很適合妳。」

他冷不防地這麼說。

「咦？啊……呃……」朱感到困惑，不知該如何反應。「非常謝謝——」

話還沒說完，鐵門便毫不留情地關上。

6

隔天，狡噛和朱並肩走在公安局刑事課大辦公室前的走廊上。

「總之先擴大王陵璃華子的搜索範圍，繼續搜查，然後……」

「重點在於『MAKISHIMA』。只要這人還活著，必定會留下某些證據。」

「雜賀老師的學生名冊……」

「可惜揮棒落空了。唉，這也無可奈何。」

兩人進入大辦公室時，以宜野座為首的其他成員都已到齊。宜野座一看到狡噛的臉，立刻站起身，怒不可遏地走向他。宜野座的憤怒令朱感到狼狽。

「……聽說你帶常守監視官去見雜賀讓二了。」

「……嗯。」

「是我請他幫我介紹的……」

宜野座無視朱的插話，繼續責怪狡噛：

「你是什麼意思？想害她落得和你同樣的下場嗎？和你一樣變成走上歪路的潛在犯嗎？」

朱似乎忍無可忍，氣憤地大喊：

「請適可而止吧！你把我當成小孩嗎？」

「實際上妳就只是個小孩！連左右也分不清的小鬼！」

宜野座也回以怒吼。流於感情，不帶絲毫冷靜的回應。

「妳以為為什麼要區分監視官和執行官？這是為了讓正常人在搜查犯罪時，能避開使心靈指數色相混濁的風險。有這些再也不能回歸社會的潛在犯當替死鬼，妳才能保護自己的心靈，正常地執行任務！」

「這樣根本不是團隊合作！解決犯罪問題和守護自己的心靈指數，哪一個比較重要？」

「妳想浪費好不容易考上的職位嗎？想犧牲妳的人生累積至今的一切嗎？」

「我……」

朱一瞬間猶豫了。宜野座是打從心底生氣。朱不習慣憎恨別人，就連現在也想要立刻言歸於好，裝作沒發生過這件事——但問題是，朱難以忍受被人當成小孩子。朱表情凜然地開口：

「沒錯，我的確是個新人，宜野座監視官則是我尊敬的前輩。但是，請別忘記我們兩個在階級上完全同等！我的色相我自己會管理。就算你是前輩，也請別在執行官們的面前隨便質疑我的能力！」

朱的反駁讓宜野座啞口無言，臉色似乎也變糟了。兩名監視官一時之間瞪視著彼此。

「…………」

不久，宜野座什麼話也沒說，快步離開大辦公室。

「那種說法……」朱也轉頭朝向門口。

「妳想去哪？」征陸問。

「我要透過局長對他抗議。他的行為真的太過分了。」

朱發出腳步聲走出辦公室，征陸立刻跟在她背後。

「……小姐，可以看在我的面子上別這麼做嗎？」

「可是……」

「宜野座監視官啊……他父親是個潛在犯。」

取消去見局長的朱和征陸來到公安局的休息區，那裡設置了大型自動販賣機和長椅。朱和征陸各自拿了飲料後，征陸繼續說：

「……刑警愈深入搜查、對犯人的理解愈深，就容易被希貝兒先知系統視為與犯罪者同類。因為不管是犯罪者或緝凶者，都同樣必須面對犯罪此一現象。而測量犯罪理解度的計量表，就是犯罪指數。在設置執行官這種職位以前，有大量刑警因為這樣被診斷成潛在犯，宜野座監視官的父親也是其中之一。」

「……原來是這樣……」

父親是潛在犯——朱無法想像宜野座度過多麼坎坷的人生。她之前也有過類似的感覺，像是在聽到狡噛的過去時，或造訪潛在犯收容設施時。朱討厭這種感覺，彷彿被某個陌生人指著鼻子，瞧不起地說：「妳真是個不懂世事的幸福女孩。」

「那傢伙年紀還小的時候，希貝兒判定才剛開始實行，社會上對潛在犯有過多的誤解和不實謠言，例如說親兄弟被測量出高犯罪指數，結果家人也被當成同類。我想他一定吃過不少苦頭吧……所以，他無法原諒人主動做出可能會使犯罪指數升高的行為。偏偏他的同事狡噛後來也……」

「……嗯，這件事我知道。」

「父親與同事……他一定是覺得自己連續被人背叛了兩次，所以對妳的態度才會變得那麼偏激。」

「但不能這樣就……」

「不，他沒有錯。小姐，妳也有家人和朋友吧？」

「…………」朱默默點頭。

「假如妳的心靈指數色相變混濁，妳的親朋好友將會承受和宜野座一樣的苦。就是為了避免這樣，才需要我們這些執行官啊。」

「

東京都內的豪宅，帝都網路建設會長泉宮寺豐久的住家。廣大的房子裡只有多隆來回行動，一點人的氣息也沒有。寬廣的客廳裡，暖爐旺盛燃燒著，屋主泉宮寺和他的客人——槙島聖護坐在這裡。泉宮寺不厭其煩地保養著獵槍。

「……你知道最狡猾、再怎麼獵殺也不必擔心滅絕的動物是什麼嗎？」

「人類吧？」

「看來這題目太簡單了。」

泉宮寺宅邸的寬廣客廳裡，有彷彿豪華衣櫥的槍櫃與陳列各種工具的工作檯。潤滑油、刷子、通槍布、通槍條、填彈器、彈藥——泉宮寺使用的是上個世紀的遺物，貝瑞塔公司的頂級獵槍：一二號口徑，上下排列的雙管霰彈槍。這把獵槍在工作檯上被拆解成槍管、機匣部、護木、槍托等零件，泉宮寺將刷子裝在通槍條上清潔槍管。通槍條一定是從膛室方向插入。

「您是能合法獵殺野生動物的最後世代。」

槙島對泉宮寺抱持敬意。

「現在這個時代，狩獵已經不被允許了……因此我也很感謝你。」泉宮寺說。

用刷子刷完後，泉宮寺將乾的通槍布裝在通槍條上，再度插入槍管，最後再用另一條通槍布沾滿擦槍油，塗滿槍管內部。用刷子和通槍布清潔機匣部後，一樣塗上擦槍油。等清潔完畢，泉宮寺將獵槍重新組合，把獵槍收回槍櫃裡。

「接著是人工組裝子彈嗎？」

「現在在這個國家想弄到子彈非常麻煩，風險太高了。我在槍械變得完全違法以前，先購買了大量霰彈彈殼。就算如此，也還是不能浪費，所以發射後的彈殼我都盡可能回收再利用……抱歉，先讓我抽根菸吧。」

泉宮寺拉開工作檯的抽屜，裡面整齊排滿純白的菸斗，小盒子裡備有菸草。泉宮寺將菸草塞進菸斗裡，用從側面噴火的專用瓦斯打火機點燃。

「抽菸斗真是個雅緻的興趣……菸斗的材質……應該不是象牙吧？」

「是人骨。我還沒讓你看過吧？」

槙島興味盎然地說：

「喔？我知道您總是會帶回獵物的一部分。」

「大腿骨和肱骨容易加工做成菸斗。」泉宮寺很享受似地吞雲吐霧說：「這根菸斗除了濾嘴以外，都是用王陵璃華子的骨頭做成的。」

「對您來說就像是獎盃嗎？」

「沒錯。像這樣撫摸贏得的獎盃，會讓我想起解決獵物的瞬間……讓心靈恢復青春。恐懼顫抖的獵物靈魂能賦予我活力。」

「肉體的年老已經克服了，接下來就是心靈嗎？」

「沒錯。即使實現肉體不老不死的願望，唯有心靈的老化仍是無解的問題。」

泉宮寺看著自己的機械手臂說道。

「……生命本來就必須犧牲、捕食其他生命才得以維持健壯。雖然現代人不再需要獵殺野獸做為糧食，這倒無妨，因為我們的肉體已經不再需要生命。但是人們忘記一件事：精神的壽命也需要養分和糧食來維持。只知追求肉體的青春，卻忘記保養心靈……無怪乎會造就一堆行屍走肉的活死人。」

「……刺激會帶來活力，那是與死毗鄰的危險報酬。」
「一點也沒錯。獵物愈是強大，愈能讓人獲得豐沛的活力。」
「既然您這麼說，我或許能為您準備一個特別優秀的獵物。」
「喔？」
「公安局執行官狡嚙慎也。」
「公安局……」
「我們可以引誘他出來，設下陷阱。」
「哼哼……」泉宮寺冷酷地笑了，將裝滿00號鹿彈的箱子放到工作檯上。他打開箱子，一發一發憐惜地取出霰彈排成一列。
「我可不會活捉那個執行官喔……真的可以嗎？」
「當然可以。為什麼要活捉他？」
「你自己好像沒發現，所以我提醒你一下……當你提起『狡嚙慎也』這個名字時，看起來真的很愉快啊。」

第十章　瑪土撒拉的遊戲

1

常守朱的睡相很邋遢，知道這件事的人只有她父母和ＡＩ祕書——虛擬顯像凱蒂。由於空調很完美，就算只穿內衣睡覺或踢掉毛毯浴巾也不會感冒。現在正躺在床上的她，睡相真的令人不敢恭維——上半身赤裸，下半身只穿一件內褲，手腳伸展成大字形，吁吁地發出鼾聲。

枕旁的行動情報裝置收到郵件，發出閃燈與震動提示，讓朱微微睜開眼。知道歸知道，她的眼皮依然沉重，甩脫不了對睡眠的依戀。朱在床上翻滾掙扎，既然有震動，表示訊息來自親密的朋友，她是如此設定的。無可奈何之下，朱只好撐起上半身，拿起行動裝置。「嗯……什麼啦……？」打開收信匣，寄件人是「船原雪」。朱點開郵件，內容是：

『我有重要的事想商量，可能和公安局的案件有關，不方便在電話或網路上討論。』

朱的眼神變得銳利，一口氣清醒過來。

「……嗯？」

『希望能直接見面討論，我附上地圖資料，明天下午三點在那裡見吧。抱歉，事態真的很緊急！我等妳。』

隔天早上，朱先去了一趟公安局，駕駛偽裝巡邏車前往雪指定的地點。狡嚙坐在副駕駛座上。要是稱狡嚙為「搭檔」，宜野座一定又要生氣了吧？最近朱總是和狡嚙或征陸一起行動。雖然執行官等於潛在犯，但這些男人真的很可靠，要朱冷漠相對實在辦不到。

駕駛交給車子的ＡＩ，朱用行動裝置聯絡雪的母親。

「……對，昨晚接到郵件後就……當然，我也問過佳織……是的，從昨天就完全聯絡不上……是……嗯嗯，好……如果有任何消息，我都會立刻聯絡您。那就這樣……」

朱結束通話。

「也沒回家裡嗎……」

「可是才一個晚上沒回來，報失蹤似乎太大驚小怪了。」

「會不會是惡作劇呢？」

「雖然她很愛鬧我，但不會做出這麼過分的惡作劇。」

「……看來只好去現場親眼確認。」

「抱歉，你今天沒值班還拖你出來。」

「別在意。依我的身分，沒監視官同行也沒辦法出門。」

「這算公私不分嗎？」

「別被宜野發現就沒問題。」

偏偏雪在郵件中指定的是廢棄區域，朱和狡嚙在板橋區的舊鬧區下車。每次來到這種地方，朱總會想起征陸在取締視覺毒品時所說的話。

『假如這不是「失敗」，而是「成果」的話，妳覺得如何？』

『為了讓自己保有「我們認真在過生活」的感覺，他們需要比較的對象。廢棄區域和其中的居民便是扮演此一角色。大眾媒體更將遊民當成潛在犯的「預備軍」，挑起市民的恐懼。』

這個都市是怎麼了？和潛在犯相處愈久，朱的疑問也愈來愈深。不是決定性的疑惑，而是類似在某種堅硬物體表面留下的細小刮痕，她有時覺得疑問似乎會持續擴大下去——宜野座害怕的也許就是這個吧。不，他又太小心翼翼了。沒錯，宜野座的氣憤有其理由。他的父親是潛在犯，好友狡嚙又被降格——朱能理解他的心情。但理解歸理解，那是否「正確」又是另一個問題。

即使煩惱到腦筋快打結，朱的色相仍然不會變混濁。這代表希貝兒先知系統承認朱是「正確的」。換句話說，朱對潛在犯的態度、對廢棄區域的疑問，全在系統的「意料之中」。

希貝兒先知系統向來是正確的。朱看過許多對在希貝兒判定的祝福下開始交往的幸福戀人。朱的雙親也是依照先知系統的建議選擇職業，今後有悠然自適的幸福養老生活等著他們。雖然朱因為當上公安局的監視官而有機會接觸到悲慘的事件，但這個月整個刑事課出動的次數也只有二十次而已。

刑事課人手不足，尤其缺乏監視官，即便如此，公安局的勤務體制之所以不會出現問題，就是因為事件也相對很少。換句話說，這個社會——希貝兒先知系統——正順利地運作。

「根據郵件上的地址……似乎是在這棟大樓的地下……」

「妳的朋友平常會來這種地方閒逛嗎？」

狡噛觀察四周問道。

「不，當然不會。話說……好像有點奇怪？」

「豈止有點奇怪，百分之百有問題吧。這絕對是陷阱，妳被人盯上了。」

狡噛的話讓朱嚇了一跳，眼睛眨個不停。「……我嗎？呃，被誰？」

「妳招惹過誰嗎？」

「當然沒有！」

狡嚙一副打從心底傻眼的模樣，深深嘆氣。

「……唉，妳真的很欠缺身為一名刑警的自覺。」

「怎麼連狡嚙先生都這麼說！」

把她當半瓶水的人，有宜野座一個就夠多了——朱整張臉氣鼓鼓的。

「……總之，妳的朋友應該是真的陷入麻煩。我去看看狀況，妳在這裡等吧。」

「可是，倘若真的是陷阱，你一個人去不是很危險嗎？」

陷阱——即使是自己說出口，朱還是沒什麼真實感。會設陷阱的人色相應該很混濁，想避開街頭掃描器移動有其限度——真的有辦法設下陷阱嗎？

「所以說，要是我們兩個都被解決的話，誰來負責求救？」

但是狡嚙很認真，朱甚至覺得他過度謹慎。

「幫我申請武裝許可吧。」

「啊，好的。」

朱將手上的行動情報裝置貼近偽裝巡邏車後方載貨空間的認證系統，將之啟動。

『公安局刑事課第一分隊．公用車編號七七六．緊急裝備收納系統．請告知使用目的。』

「我是常守朱，依據監視官權限，申請狡嚙慎也執行官的武裝配備。」

『已確認聲紋及ＩＤ．同意給予等級二裝備。』

鎖定解除，電擊警棒和催淚噴霧升起。由於尚未確認有犯罪行為，所以無法使用主宰者。

狡嚙不滿地咂嘴，拿起許可的武器。

「導航就交給妳。妳手上有這個區域的地圖吧？」

「有是有，不過資料有點陳舊。」

「我出發了。」

「請小心。」

狡嚙進入廢棄大樓。

2

狡嚙潛入廢棄大樓的地下室尋找朱的朋友。他一面用強光手電筒照亮腳邊，一面走下樓

梯。現在已看不出這棟大樓過去做為何種用途。根據安裝在行動情報裝置裡的地圖，地下樓層共有四樓。廚餘的腥臭和霉味四溢，地板也潮濕至極，狡噛突然產生疑問：慢著，這未免髒得太誇張了？試著用手指觸摸牆壁的髒汙，結果沾上了汙泥——為何是淤泥狀？牆壁濕答答的，整面牆被淤泥弄得又濕又髒，簡直像下過大雨。

朱以無線電聯絡：

『狡噛先生，怎麼了？』

「沒事，這裡臭得嚇人而已。」

『真是抱歉……底下有人嗎？』

「沒有。」

狡噛見到前方有一扇厚實的氣密門，現在門戶大開。但話說回來，一般大樓需要用到這麼厚重的門嗎？總有股說不出來的不對勁，可是現在無功而返也沒意義。狡噛穿過氣密門，繼續前進。

『那裡面是——』

突然間，無線電發出雜訊，朱的通信中斷。

「……喂喂？」狡噛不斷用行動情報裝置呼叫。「監視官，怎麼了？回答我。」

『……訊號良好。請繼續前進。』

彷彿什麼事也沒發生般，通信恢復了。

「…………」

狡嚙眉頭皺了一下，繼續往深處邁出步伐。

景象開始產生變化，四周建築看起來與其說是大樓地下室，更像是隧道或下水道——怎麼回事？狡嚙覺得一定有問題，但朱仍然透過行動裝置指示他前進。

「這是什麼……？」

不久，狡嚙來到類似地下鐵車站的地方。世界人口在四十年前曾一度大幅減少，日本人口也減少到約十分之一，許多地下鐵因而荒廢。這裡是其中之一嗎？倘若如此，行動裝置中的地圖明顯有誤，一開始走入的大樓地下室並沒有與其他設施相通。狡嚙見到前面有一列由八節車廂組成的老舊工程列車。不同於一般的地下鐵，這輛工程列車沒有客車，外觀類似小型起重機或怪手。

『這裡是棄置的地下鐵軌道，請搜索車輛。』朱在無線電中指示。

「……嗯？」

因為沒有其他地方可去，狡噛沒辦法，只好搭上車輛。結果——彷彿等待這個機會很久了，工程列車頓時發動。

「什麼！」狡噛本來打算跳車，但遠處傳來氣密門關閉的聲音，緊接著是通道的排水溝突然湧出大量汙水，逐漸淹沒地下道。要不是他在工程列車上，恐怕會被汙水淹沒。

「沒地方逃了嗎？」

地上——偽裝巡邏車內，朱注視著行動情報裝置上的導航地圖。狡噛的現在位置——執行官用的手環——在地圖上顯示為一個光點。

「那裡面沒路喔，狡噛先生……狡噛先生？」

朱拚命呼叫，卻只聽見雜音，沒有回答。

「咦，慢著……怎麼回事？」

顯示狡噛位置的光點穿過死胡同，在空無一物的空間裡前進，朱懷疑螢幕是否出錯了。不久，狡噛的光點開始以不可能是徒步移動的速度，一路衝出畫面外。

「狡噛先生！聽見了嗎？請回答！」

3

工程列車持續加速，狡嚙搭乘的是八節車廂中的第三節。狡嚙拚命抓緊欄杆以防被甩出列車，同時對著無線電厲聲吼叫：

「喂，監視官！現在是怎麼了？常守！」

『這裡是棄置的地下鐵線路，請搜索車輛。』

發現朱的回答只是重複播放的錄音，狡嚙懊悔地心想「中計了」。既然早已猜到是陷阱的話，打從一開始就該考慮到這種可能性，可是他還是一頭栽進陷阱，這完全是因為陷阱的規模太大了。改造大樓的地下室、追加氣密門、引發洪水、準備工程列車——在希貝兒先知系統的監視下，要做這麼大規模的事情極端困難，不，應該說近乎不可能吧？就算真的有這麼一位能隱瞞色相檢查，而且能任意使用建築用多隆的人物，他設下陷阱逮住公安局刑警有什麼好處？

狡嚙決定先以駕駛艙所在的第一節車廂為目標，沿著欄杆開始移動。列車的速度飛快，噪音刺耳，風勢強勁。狡嚙留心衣服別被東西鉤住，跨過車廂的連結部分，總算來到第一節車廂的駕駛艙。狡嚙在那裡發現了令他驚訝的事物——臉部罩著黑色袋子，手腳被繩子捆綁，倒在地上、身穿睡衣的女性。

「噫！」聽見狡嚙的腳步聲，那名女性驚慌失措地扭動身體，想盡可能遠離狡嚙，這般舉動不像是在演戲。狡嚙有點困難地摘下女性頭上的黑色袋子，底下露出一張臉色蒼白、兩頰有大量淚痕、彷彿隨時會哭出來的臉，如今正因恐懼而發抖。

「請放心，我是公安局刑警。」

狡嚙用行動情報裝置顯像投影出公安局ＩＤ。

「啊……」聽到這句話，女性似乎放心下來。顯示給一般人看的ＩＤ並沒有寫監視官或執行官，如果知道狡嚙是執行官，也許她的反應會有所不同吧。

「妳是……？」

「我叫船原雪……」

「妳是常守朱的朋友？」

聽到狡嚙的話，雪的表情變了。

「你認識阿朱嗎？」

「她是我的同事。」

在朱的請求下，公安局增援抵達廢棄大樓前。宜野座的偽裝巡邏車與執行官的戒護車、多隆搬運車在此集結。滿臉困惑的征陸和滕從狡嚙進入的廢棄大樓之中出來。征陸說：

「不行。地下室最下層完全淹水，味道聞起來肯定摻有工業廢水，受到嚴重汙染，沒有充分防護的話，不可能平安無事地在水中行動。」

「我盡可能掃描過了。」滕說：「汙水裡沒有屍體，至少應該沒有人淹死。」

朱和宜野座在外頭等候兩人，六合塚正在用筆電搜尋詳細的地下地圖。

朱說：「可是……狡嚙先生真的進入大樓地下室裡了。不只如此，他還穿過牆壁，進到更深的地方。」

滕說：「該不會是導航系統故障了吧？」

六合塚也說：「或許不是硬體，而是軟體的問題。這一帶強勢推行過都市更新，登記的資料是否和實際情況相符也很難說……」

「會不會只是妳被騙了而已？常守監視官。」

宜野座突然潑了朱一桶冷水般說道。

「咦？」朱一時之間不明白他想說什麼。

「狡嚙慎也脫離妳的監視，如今還失去他的位置情報……換句話說，他已經是自由之身。

說不定這是他為了逃亡所自導自演的一齣戲。」

只要冷靜一想，宜野座一定也明白這是不可能的事。執行官私底下的自由遭受嚴格限制，狡嚙根本不可能策劃逃亡計畫。

「狡嚙先生不是那種人！宜野座先生，你明明也很清楚這點！」

「我就是在說妳那種自以為是的想法不適合當監視官！」

氣氛再度險惡起來，兩名監視官瞪著彼此。朱心想，自己像這樣和宜野座感情用事地爭吵是第幾次了？總覺得每次都和狡嚙有關。

「啊～小姐。」征陸有氣無力地插話，稍稍軟化了險惡的氣氛。「……我們姑且先相信狡嚙的位置情報是對的，妳可以說一下他往哪個方向走嗎？或者信號有什麼不尋常的地方？」

「不尋常嗎……？他好像移動到一半，突然以極快的速度筆直滑出去……」想起那個不尋常的動作，朱恍然大悟。「我懂了，他應該是搭上交通工具……」

朱轉頭對六合塚說：

「請對照一下過去的地圖資料，這附近是否有南北向的地下鐵？」

「請等一下。」

六合塚從資料庫中找出舊地圖，一一和現在的地圖重疊比對。

「……找到了，符合條件的有已經廢棄的都營地下鐵三田線。」

「沿著那條隧道往北去，一定能找到狡噛先生。」

4

工程列車發出轟然噪音在隧道中奔馳。狡噛解開綁住雪的繩索。手腕被緊縛、腳踝紅黑腫脹，雪不斷摩挲受傷部位。

「所以說，傳送郵件給常守朱的人不是妳嗎？」

「我根本不知道！這是怎麼回事嘛！為什麼我會在這裡啦！」

「有人綁架妳，把妳帶到這裡。妳什麼都不記得嗎？」

「不曉得……我昨晚加完班回到家，就累得直接上床睡了……醒來後發現自己被綁在這裡。這到底是怎麼一回事！」

「看來妳被當成釣常守搜查官的誘餌……不對。」

狡噛搖頭，再度按下無線電的按鈕。

『……這裡是棄置的地下鐵線路，請搜索車輛……』

「阿……阿朱的聲音？」

「模擬得很像，這是由原聲採樣合成出來的。對方從一開始就猜到進入地下搜索的不會是她，而是她的代理人……」

總算開始了解敵人的目的了，狡噛手心冒出冰涼的汗水。

「原來敵人的目標不是常守……而是我嗎？」

「我……我們接下來會怎樣？」

「不管策劃這件事的人是誰，如果想殺死我們，早就這麼做了。妳姑且不論，綁架我真的一點好處也沒有。因此，我猜這是某種遊戲。」

「……咦？」

「如果這是生意，花這麼多時間和成本準備這些陷阱絕對划不來；但假如目的是娛樂的話，就另當別論，不必考慮是否合乎預算。」

突然，工程列車開始無預警地減速，最後發出尖銳的煞車聲停下來。

「停止了……？」

「意思是要我們下車吧。」

兩人從駕駛艙走下鐵軌。狡噛想啟動行動裝置的導航系統，卻顯示「電波訊號微弱」。

「不可能。就算是地底，怎麼可能接收不到電波呢……」

「八成有電波干擾吧，敵方顯然想孤立我們。」

太暗了。狡噛把手伸向背後的槍套，平常主宰者收納在這裡。雖然這次沒獲得許可，但他也不完全是空手而來。槍套側面有空間能收納強光手電筒和電擊棒，狡噛用強光手電筒照亮四周，立刻發現有一扇門開著，似乎通往維修用通道。

「是要我們進去嗎？」

「雖然實在不想聽任敵人擺布……但也不知道汙水何時會沖到這裡。」

這時，鐵軌另一頭傳來可怕的機械聲。金屬關節吱嘎作響——彷彿被踩扁的昆蟲悲鳴。

「該死。」狡噛咂嘴。「……比汙水更不妙的傢伙先來了。」

狡噛將強光手電筒照往聲音傳來的方向，在光暈中浮現的是讓人聯想到犬科動物外型的多隆。多隆全長約兩公尺，銳利的爪牙一看就知道是違法改造品。簡直是獵犬，任何人看了都會覺得是獵犬。

「看來我們沒有選擇的餘地。」

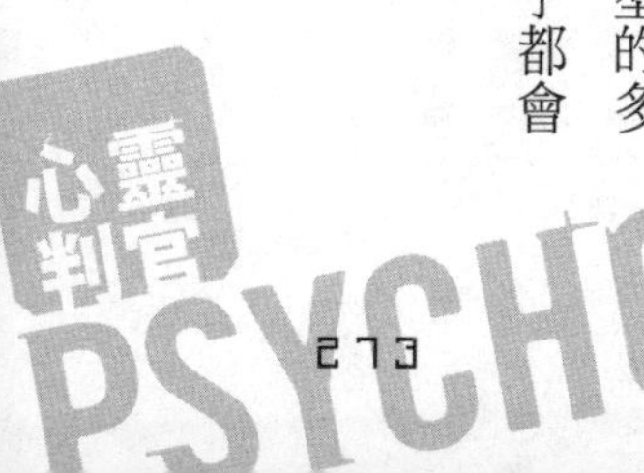

「噫……」

五顆並列的紅色眼部攝影機閃閃發亮，凶猛的獵犬多隆襲擊而來。狡噛拉著雪的手衝進維修通道，迅速關上鐵門並上鎖，接著聽到獵犬多隆從外側衝撞鐵門。鐵門扭曲變形，被撞破是早晚的問題。狡噛和雪想趕緊離開，只好沿著通道繼續走。

「什麼嘛！你說這是遊戲是怎麼回事！」

「有人追逐，我們逃跑。不是捉迷藏就是獵狐吧……」

兩人朝前方不斷奔跑，見到類似出口的門。穿過門，來到某個廣大空間——狡噛不禁產生迷路到異世界的錯覺。只靠強光手電筒的光量根本不夠照亮這整片空間，此處寬廣的程度幾乎像一座小型城市。到處都有類似巨人住家的巨大柱子與排水溝，這個過去曾是地下儲水槽的地方追加了屏風和路障，被改造成叢林般的迷宮，而且到處都有戰鬥——殺人的痕跡，血跡與彈痕。狡噛發揮執行官本能注意到彈痕，發現那是鉛彈，而且是霰彈。

「……這裡……到底是什麼地方？」

這裡是泉宮寺的地下空間，他一手打造了這個倘若沒有法律禁止，甚至想對全世界人類炫耀的帝國。他一邊進行都市更新的工程，同時花了漫長的時間，一點一滴建立起這個空間。這是泉宮寺的帝國，或說是國王的狩獵場。工程用多隆全部是他公司的所有物，最困難的部分是竄改國土交通省（註9）資料庫裡的地圖。做得太過火會被發現，泉宮寺緩慢而細膩地花了數十年的光陰走鋼索。

身為國家重要人物的泉宮寺得以免除犯罪指數的定期檢查。因為身體幾乎完全機械化，街頭掃描的色相檢查尚可蒙混過去──他唯一害怕的是公安局的主宰者。只要腦和神經還活著，那把槍便能瞬間計算出一個人的犯罪指數，即便是泉宮寺也無法逃避主宰者之眼。

站在狹噛他們反方向、位於天花板附近的窄橋上，泉宮寺和槙島俯視狩獵場。兩人身旁還有一架獵犬多隆待機中。

「這次要派出兩隻獵犬嗎？」槙島問。

「接下來會派出『洛夫克拉夫特』，『卡夫卡』也會很快追上。好戲才正要開始。」

槙島手上拿著具夜視功能的望遠鏡。

泉宮寺不需要這種東西，因為他早就擁有優異的夜視能力。

註9：日本中央機構，相當於各國的交通部與建設部，簡稱「國交省」。

「直到目前為止都在我們的計畫之中，對方也很快就掌握狀況。獵物愈聰明，狩獵起來就愈有趣。」

「真是不錯，看來很值得在觀眾席上好好欣賞這場遊戲。」

「槙島，你總是旁觀不無聊嗎？偶爾也加入狩獵如何？」

「我只對現場發生的事情感興趣。我喜歡站在第三者的立場觀察。」

「總而言之，就像個裁判一樣嗎？」

「這種形容很貼切。」

狡噛和雪在地下空間謹慎地前進。狡噛用強光手電筒照射前方，發現地上有個東西。雪反射性地抓住狡噛。

「放心。」狡噛走在前頭撿起該物品，那是個略大的運動包，裡頭裝了寶特瓶裝的礦泉水和大量棒狀物體。

「……攻略道具嗎？愈來愈像遊戲了。」

狡噛拿起半透明的棒子。

「那是？」

「螢光棒。這應該是營業用的，能發光長達數小時。」

狡嚙關掉手上的強光手電筒，用力折彎手中的螢光棒，使內部的玻璃管破裂，藥劑產生化學反應而發出光芒。狡嚙將點亮的螢光棒拋向前方的黑暗，靠著新的光源繼續前進。

「……為什麼不繼續用手電筒，要改用螢光棒呢？」

「手裡握著光源，在黑暗中等於是活靶。而且螢光棒也能當成走過路徑的記號，在這種地方迷路很要命。」

走到前方的螢光棒附近，狡嚙又點亮下一根，再度往前方拋出。他仔細觀察螢光棒在黑暗中飛翔的短暫時間所照出的週邊狀況後，再向前邁進。走到一半時，狡嚙突然想，假如這個空間裡真的有敵人存在，對方絕對會戴上夜視裝備，不管他多麼謹慎地使用螢光棒也沒有意義。雖然這麼做恐怕真的沒有意義，但是狡嚙絕不鬆懈，因為等被殺之後再來後悔就來不及了。

「原來阿朱從事的工作……這麼危險……」雪小聲地說。

「這陣子特別危險。」

「早知如此，我就更認真幫她分憂解勞了。」

「她是公安局的人，不能將工作的詳細內容告訴一般民眾。」

「……阿朱在職場的表現還好嗎？」

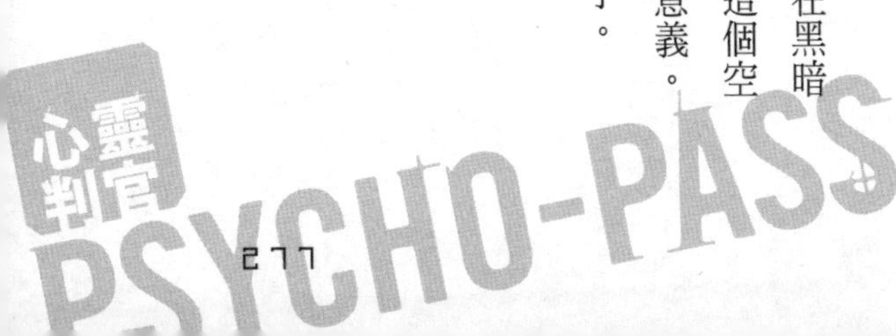

「她……」狡噛想起朱第一天上班就對他開槍的事。「她擁有信念。她的靈魂深深了解刑警是怎樣的工作。我認為這世界真正需要的，應該就是她那種人。」

「……她從學生時代就是個很不可思議的孩子。明明成績卓越，卻從不自豪，也不會被人嫉妒……」回憶浮現腦海，雪的表情變得柔和了點。「不管發生什麼問題，只要她插手就能解決。心靈指數色相永遠清澈透明的人，一定就是像她那樣吧。」

這時，雪發現一件事。

「啊，莫非……阿朱說有個把她耍得團團轉的部下就是你？」

狡噛露出苦笑。

「……原來她那樣說我啊。」

狡噛拋出新的螢光棒，順著那道光芒望去，眼神突然銳利起來。他伸出一隻手阻止雪繼續往前進。

「……怎麼了？」

「有陷阱。」

狡噛用強光手電筒照向數公尺外的地方，發現地上有裝著利刃的大型捕鼠夾。狡噛關上手電筒說：

「不過陷阱沒有偽裝。」

「那有什麼好怕的？」

「那是為了解決逃跑者的陷阱，要是倉皇混亂的話就會中招。」

兩人繞過陷阱，繼續前行。

「此外……有時也會故意用很明顯的陷阱來誘使目標走向真正的陷阱。」

狡噛倏地趴到地上。雪感到困惑。狡噛用強光手電筒貼在地面照射，發現前面有個隆起的地方。狡噛站起來，用手電筒照射可疑地面的正上方，發現十幾公尺高處，有個似乎有幾百公斤重、裝了無數銳利尖刺的機關天花板。

「連陷阱都這麼復古，可真是雅緻的興趣……」

「啊，等等！」

雪抓住狡噛的手，改變手電筒的方向。在光暈中又見到新的運動包。

「和剛才一樣的包包耶，裡面一定有東西！」

雪毫無防備地朝著包包跑去。

「別過去！」

狡噛的警告來不及阻止她，雪抓起包包的瞬間觸動底下的警鈴。明明敵人想用更有效率的方式來解決掉他們也沒問題，卻像是想玩弄他們似地布置了這些老掉牙的陷阱。聽到警鈴聲，獵犬多隆從黑暗深處衝刺而來。狡噛發現這架和剛才的不同，可見得多隆少說有兩架。

5

為了讓狩獵的樂趣提升到最高，泉宮寺特地限制了獵犬多隆的性能，因此「洛夫克拉夫特」在警鈴響起前都沒發現獵物。那樣才好，倘若多隆成了狩獵的主角就一點樂趣也沒有。手持獵槍等待時機的泉宮寺，瞄準被「洛夫克拉夫特」驅趕過來的獵物，但在他開槍的前一瞬間，中陷阱的執行官——狡噛慎也——抱著被當作誘餌的女性逃進掩蔽處。子彈射出，大顆的霰彈削刮柱子，但似乎沒傷到目標。

狡噛抱著雪從掩蔽處逃到另一個掩蔽處。槍聲震天價響，霰彈步步進逼，拚命逃跑的兩人跳進地下空間的排水溝裡。

「我……我剛剛有看到人！」

「嗯，如此一來，我總算搞清楚這個遊戲的主旨了。敵人想玩的是獵狐遊戲。」

「獵……獵狐？」

「多隆是獵犬，玩家則負責狩獵倉皇奔逃的獵物。換句話說，我們正是那可憐的狐狸。」

「怎……怎麼這樣……」

「別慌張、別害怕，冷靜下來，慎重地尋找逃生之路吧，愈緊張就愈正中敵人下懷。妳剛才撿到的包包呢？」

「在這……這裡。」

狡噛檢查雪遞交給他的運動包包內容物，裡面只裝了一個巴掌大小的電子儀器。

「……這是？」

「行動收發機，而且是能發送軍用訊號的高功率型號。若是這種型號的機器，即使在電波干擾中也能發送訊號。」

「能對外求援嗎？」

「很可惜……」狡噛把收發機背後的凹孔秀給雪看。「似乎沒有電池和天線。」

雪失望地垂下頭嘆氣，狡噛保護她似地輕推她身體一把，讓她趴下。一瞬間，雪覺得狡噛貿然的舉動比敵人更可怕。

兩架獵犬多隆悠然通過兩人躲藏的排水溝上方。

「已……已經追上我們了……」

「……我去引開它們的注意。妳繼續躲在這裡。多隆的感應器似乎按照『遊戲規則』被限制住了，靜靜不作聲的話應該不會那麼容易被發現。」

說完，狡噛將行李交給雪。

「你……你打算做什麼……？」

「同時應付兩隻獵犬沒有勝算。不先解決一隻，被包圍的話我們就完了。」

狡噛衝出排水溝。

靠著具備夜視功能的義眼，泉宮寺即使在黑暗中依然保有清晰視野。手持強光手電筒和電擊棒的獵物——公安局執行官狡噛從他眼前猛然穿過。

「喔？」

獵犬多隆「卡夫卡」對狡噛窮追不捨。

狡噛躲開「卡夫卡」的衝撞，牆壁被「卡夫卡」撞出裂痕。

泉宮寺和另一隻獵犬多隆「洛夫克拉夫特」繞到側面，抄近路阻斷狡噛的去路。狡噛利用遮蔽物忽左忽右地移動，迅速逼近泉宮寺身旁。泉宮寺開槍，但沒有命中。兩發子彈用盡，泉宮寺必須排出彈殼，重新裝填子彈。為了保護主人填彈時露出的破綻，「洛夫克拉夫特」衝向狡噛，用身體阻擋狡噛朝泉宮寺揮下的電擊棒。雖然電擊棒命中外殼裝甲，但區區電擊棒無法傷害獵犬多隆分毫。

下個瞬間，狡噛掉頭全力衝刺逃開。「洛夫克拉夫特」立刻追擊，另一架獵犬「卡夫卡」也隨即趕上，對狡噛展開夾擊。

「哼……放馬過來吧，破銅爛鐵。」

狡噛朝著「卡夫卡」衝刺。他朝斜側方奔跑，調整「卡夫卡」的位置，兩架獵犬多隆都以最快速度朝狡噛奔去。

狡噛先接近「卡夫卡」身邊，「卡夫卡」用像鏈鋸一般不停震動的利牙進行攻擊。狡噛躲過利牙，令人不敢置信地跳到「卡夫卡」身上，他的體能根本超乎人類極限。狡噛將電擊棒插入「卡夫卡」裝甲的縫隙，因此迸射出刺眼的火花。

狡噛這時在獵犬多隆的身體下方發現行動收發機的電池被用膠布貼在這裡。另一架獵犬多

隆朝狡噛飛撲過來，狡噛將電擊棒留在「卡夫卡」上頭，等獵犬多隆快撲到他的瞬間才跳下。兩架獵犬多隆激烈相撞，插著電擊棒的那架被撞飛到剛剛發現的陷阱地板上。雖然有一半運氣的成分，不過狀況基本上還是如同狡噛的預想。

獵犬多隆踩到隆起的地面，啟動機關天花板。短短一瞬間的靜寂之後，「砰鏘」的劇烈破壞聲響起，是獵犬多隆被從高處落下的幾百公斤重的帶刺天花板壓得半毀的聲音。狡噛跑向瀕死的獵犬多隆身邊（它和真正的獵犬一樣抽搐著），確認電池平安無事，總算鬆了一口氣。雖然因戰鬥能力差距太大，他迫不得已利用了機關天花板，但萬一電池被破壞的話，他們的生存機率會大幅降低。狡噛撕下膠布，抓起電池，再度展開奔逃。子彈重新裝填完畢的玩家又開了一槍過來，狡噛先一步逃進排水溝，成功躲過槍擊。

狡噛回到雪的身邊。

「狡噛先生！」

「快跑！」

兩人沿著排水溝迅速移動，拉開與敵人的距離。

「解決了一架。不只如此……」狡噛從交給雪的行李中取出行動收發機，裝上電池。顯示為待機狀態的燈號亮起。「……接下來只剩天線。」

泉宮寺和「洛夫克拉夫特」在獵物剛才潛伏的排水溝附近搜索，槙島也跟在他旁邊。

「沒想到他居然解決了『卡夫卡』……真是個不得了的傢伙。」

「他不是普通的獵物……是凶暴的野獸，說不定是狼的同類呢。」

「那男人似乎從『卡夫卡』的殘骸裡回收了什麼……槙島老弟，你該不會瞞著我在這次的遊戲安排了什麼把戲吧？」

槙島悠然一笑，迴避問題。

「人在面對恐懼時，就是靈魂受到考驗的時刻。他一輩子追求著什麼，又達成了什麼，其本性將會明確顯現出來。」

「你在捉弄我？」

「不只有那個叫狡噛的男人，我對您同樣有興趣啊，泉宮寺先生。遇到意外狀況、碰上難以預料的事態發展時，您將會面對真正的自己。我相信您追求的就是這樣的刺激和興奮。」

「……我不討厭你這種不把人當人看的個性。」

泉宮寺微笑，帶著「洛夫克拉夫特」繼續追蹤。

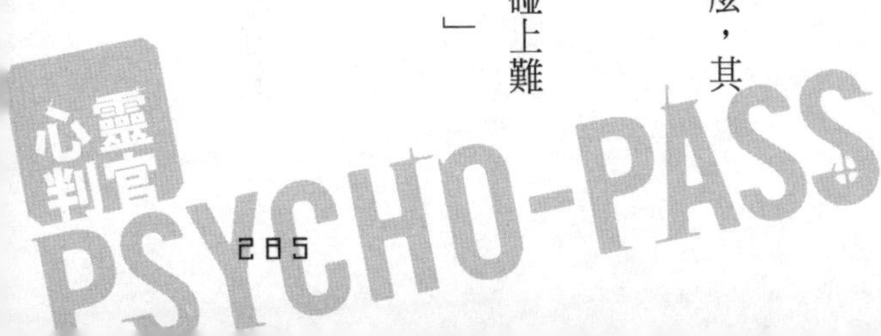

狡噛和雪找到一個堆積大量建築材料、掩蔽性良好的地方，在這裡稍事休息。狡噛在精神、體力兩方面都仍保有餘裕，但雪的體力已經耗盡，她正不停劇烈喘息。

「不行了……我跑不動了……」

「振作點，對方很快就會追上了。」

「……不行……我沒辦法繼續逃……沒力氣了……」

狡噛沉默，雪放棄似地笑了。

「……你不安慰我、不鼓勵我嗎？你不是刑警嗎？這麼冷淡不會受女生歡迎唷……」

「抱歉，我在思考事情。」

「拜託，說點什麼嘛。你這人悶不吭聲的時候……真的很可怕耶……」

「……我一直在想，敵方的計畫從一開始就打算用妳當誘餌引出常守，也知道來搜索的人一定是我。其實這場狩獵遊戲早就被設定好了。」

「……他們想玩的對象是你吧？我只不過是個……可惡……被連累的可憐蟲吧！」

「妳說得沒錯。照理說，用妳把我引進廢棄大樓時，妳的任務早就結束了。但是……他們為什麼要讓妳也一起搭上列車？」

「這……應該是為了讓你沒辦法輕易逃跑吧？因為……就連現在，我也還是在扯你的後腿啊。沒有我的話，你一定能夠逃得更輕鬆。」雪鬧彆扭似地、自我解嘲地笑了。「……算了，隨他們高興吧。真是爛透了，我的這一生，沒想到最後的下場竟是淪為別人的玩具……」

「這場獵狐遊戲並不是一面倒的遊戲，敵人暗示我有獲勝的機會。」

狡嚙手裡拿著欠缺天線的收發機，邊思考邊喃喃說道。

「換句話說……我正在接受考驗，看我是否會在中途拋下妳不顧……這肯定是掌握勝敗的關鍵……」

狡嚙突然靈光一閃地抬起頭。

「喂，脫下妳的衣服。」

「啊？你……你要我脫衣服做什麼！」

「別囉唆，把妳那件睡衣給我，我想確認一件事。」

「你瘋了嗎？腦筋不正常嗎？」

「想活命就乖乖聽我的話。」

雪滿臉怒氣，但還是心不甘情不願地脫下睡衣，全身只剩一件胸罩和內褲。狡嚙用嘴咬著發光的螢光棒，從雪手中接過粗暴地拋過來的睡衣，仔細檢查。

「沒想到這種變態居然能當公安局的刑警……」

接著，狡噛抬起頭，凝視半裸的雪。

「你……你在看哪裡啊！」

「妳睡覺時都穿上下花色不同的內衣褲嗎？」

「咦……？」

被狡噛這麼一說，雪總算發現自己內衣褲的花色不同。她回憶昨晚的情形說：

「我昨晚不是穿這件胸罩耶。怎麼會……」

「胸罩給我。」

雪滿臉漲紅。

「先把頭轉開啦！」

狡噛背對他，雪將脫下的胸罩丟到他頭上。狡噛拿起胸罩，特別仔細觀察鋼圈，發現有一處明顯被動過手腳的縫合痕跡。

「……最後一項攻略道具原來就藏在妳身上。」

狡噛扯破雪的胸罩，拔出鋼圈。

「找到收發機的天線了。」

6

朱一行人——刑事課第一分隊的成員——從地上沿著廢棄地下鐵鐵軌進行追蹤。坐在多隆上操作筆電的六合塚皺起眉頭說：

「這一帶雖然只是局部，但有相當強的電波干擾，行動裝置恐怕會受到影響。」

於是宜野座要全體人員在這裡停下。

「電波干擾的發射地點在哪？」朱問

「在西南方……只是，從地圖上看來，這一帶應該什麼都沒有。雖然過去曾經有儲水槽，但是在都市更新的時候，為了防震被填掉了。」

「八成沒真的填掉吧，果然有人竄改資料。」宜野座打從心底煩躁般咂嘴。「……規模這麼大的話，只用遭駭客入侵來說明根本說不通。一定有人竄改了國交省內的紀錄……該死，到底是怎麼回事？……總之，我們先在這裡設立中繼站。所有多隆都用有線方式連接起來。」

滕點頭說：

「這樣的話，要使用主宰者也沒有問題了。」

「別信任地圖資料，徹底進行地毯式調查，任何縫隙都別放過。然後……」

宜野座先閉上眼，表情凝重。

「一旦發現狡嚙慎也，立刻用主宰者射擊他，不必事先警告。」

聽到宜野座過度無情的宣言，朱臉色鐵青。

「可是，還沒確定他真的是逃亡啊……」

「這件事就交由希貝兒先知系統判斷吧。只要狡嚙沒做虧心事，犯罪指數就不會變化，靠麻醉槍模式就能解決。」

「嗯……說得沒錯。」縢有點覺得無趣地說：「……假如阿狡真的想逃，實彈槍會毫不留情地啟動。」

「沒人能瞞過聲像掃描，這樣也能順便確認狡嚙的真心。」

「意思是殺了他也無妨嗎？」朱情緒激動。「宜野座先生，你們原本不是朋友嗎！」

「如果狡嚙因此死了，常守監視官，一切都是妳監督不周害的。」

宜野座的話彷彿一把刀子抵住朱，朱變得啞口無言。

「如果妳好好監控狡嚙，就不會演變成這種狀況……因為自己的無能而害死人的感覺如何？這就是妳所謂的『合作愉快』嗎？」

「…………」

和宜野座說話的過程中，朱覺得自己好像犯了什麼滔天大罪，眼眶噙滿了淚水。明知淚珠隨時會滴落，但絕對不能讓它流出來——朱拚命地忍耐。因為就算哭了，也只會被人瞧不起。

「我說，監視官啊……」征陸無聲無息地走過來，抓住宜野座的後領將他提起來。這種彷彿在教訓沒規矩的小貓般的行為，讓滕和六合塚驚訝地睜大雙眼。征陸的怪力和銳利眼光也使得宜野座腦中一片空白。

「說教就到這裡為止吧。不覺得這種趁人之危的責備太陰險嗎？」

征陸說完就放開手，並對腳步蹣跚地跌坐在多隆上的宜野座露出清爽的笑容——猛一看爽朗，卻隱藏了乾燥冷漠的疲倦笑容。

宜野座一臉茫然，搞不清楚發生了什麼事，領口和領帶凌亂。

不過，最驚訝的人恐怕是朱。她心想，征陸是在幫助她嗎？

突然，所有人的行動情報裝置響起宣告緊急事態的警報聲，將尷尬氣氛一掃而空。公安局的多隆接收到狡噛的無線電了。

『能偵測到我的位置嗎？目前是代號一〇八的狀況！請求緊急救援！我再重複一遍……』

朱和宜野座回過神來。

狀況代號一〇八，代表遭遇到對公安局刑警有明確殺意的犯人。

「確認狡噛的現在位置，在離這裡八百公尺處的地下。」六合塚操作筆電進行確認。

「派出所有多隆，迅速前往！」宜野座吼叫。

「但是路徑——」

「想辦法盡量找吧！哪怕只有一架也好，一定要讓它趕到狡噛身邊！」

大量公安局多隆由廢棄大樓或被封鎖的地下鐵出口一架接一架衝入地下，手裡握著主宰者的朱等人也跟著奔跑前去。

第十一章　聖人的晚餐

1

公安局多隆在廢棄地下鐵車站裡，發現了原本不應該存在的隧道。朱和宜野座、征陸、六合塚、滕集合在多隆旁，多隆牽引了通信纜線，搜查官們的主宰者也和多隆以有線方式連接。這是對抗電波干擾的手段。

「該死，完全是迷宮嘛。」宜野座以難掩焦躁的聲音說：「這裡沒導航，我們只能想辦法找路嗎！」

「這個空間在資料上不存在，我們也只知道狡嚙傳來的求救信號的方向。」六合塚說。

「常守監視官，妳帶征陸去找狡嚙，我和滕、六合塚分頭找出電波干擾的來源並加以破壞。在電波干擾解除前，所有人都透過多隆用有線模式進行通信。」

「好！」

朱和征陸帶著多隆出發了。

「說實在的，我還是搞不清楚這到底是怎麼回事。」宜野座咬牙切齒地說：「強烈電波干擾、沒登記的地下空間、來自狡噛的求援……」

「至少可以肯定事情很不得了啊。」滕難得以嚴肅的表情說。「我是頭一次聽到阿狡那種聲音，他一定是走投無路了。」

地下狩獵場中，雪心驚膽跳地躲在排水溝，狡噛則躲在離她稍遠的柱子後方。他把用來和朱等人聯絡的通信器收進懷中的口袋。

「你在偷偷摸摸地幹什麼？」

男人的呼喊傳來，接著是槍聲。狡噛奔跑，把敵人引離雪身邊。獵犬多隆追了過來，霰彈在狡噛身旁炸裂。

就在這時，公安局的裝備運輸多隆撞飛圍欄，從原先做為物資運輸口使用的地方衝進來。是宜野座朝四面八方派出的大量多隆的其中一架趕上了，狡噛差點忍不住發出歡呼。

多隆用眼部攝影機確認周圍狀況，發現狡噛立即全速靠向他。

但獵犬多隆從側面衝撞急速奔馳的裝備運輸多隆。公安局多隆的動力雖強大，但經過非法改造的獵犬多隆更在它之上。公安局多隆噴出火花，翻倒在地，但狡嚙滑鏟到公安局多隆身旁，把手伸向翻倒的公安局多隆的裝備收納區。多隆絞盡最後力氣，確認了執行官的行動情報裝置便將蓋子打開。狡嚙從公安局多隆旁邊滑過，下個瞬間，他的手上多了一把主宰者。

2

滕發現了設置在地下道深處的小型發電機和電波干擾器，外觀就像桌上型電腦結合半球形天線。

「是這個吧！」滕一腳踹飛天線部分，和電腦連接的纜線迸發出火花斷裂。滕又用力踩了好幾次，直到將它完全破壞為止。

宜野座在隔了一段距離的地方搜索，他的行動情報裝置傳來滕的清晰通信：

『我破壞電波干擾器了，立刻回到你們那裡。』

宜野座確認手上的主宰者，顯示「MOBILE SIGNAL」的燈號從紅轉綠。

「……很好！」宜野座拔掉連接主宰者的握柄和多隆的纜線，發出通信：「各自繼續搜索狡噛，追上先出發的常守他們！」

『使用者認證．狡噛慎也執行官。』

獵犬多隆踩著倒在地上掙扎的公安局多隆，逼近狡噛。狡噛在地上滾動，閃躲獵犬多隆高速震動的利牙。他手中的主宰者變形為分解槍。

『目標的威脅判定已更新．執行模式．毀滅……』

狡噛迅速瞄準獵犬多隆，開槍射擊。

『……分解槍．現在要將目標完全排除．請當心。』

獵犬多隆的身體遭破壞出一個球狀，只剩四肢不停抽動，不久，獵犬多隆發出格外閃亮的火花後完全停止。

即使解決獵犬多隆，它的主人仍然存在。狡噛發現有人從側面用槍口對準他，立刻躲入掩蔽處。槍聲——兩發霰彈連續發射。那一瞬間，狡噛用眼角餘光確認了被槍口火焰照亮的敵人模樣。雖然只有一剎那瞥見對方，但他認識這名人物，不久前還在新聞節目中看過這個人——怎麼可能？那不是泉宮寺豐久嗎？那種身分的人為什麼會……？

狡噛完全來不及閃避攻擊。

散開的鉛球當中，有兩顆——顆粒直徑約九公釐——射入狡噛的肩膀和側腹。

出血，彷彿被火鉗插入身體般劇痛。

「唔！」狡噛躲在遮蔽物後方咬牙苦撐。「槍的外型……每發射兩發子彈後的間隔……霰彈……」

雖然身邊沒人和他對話，狡噛卻故意說出口，以利整理思緒。

「敵人的武器是雙管獵槍嗎……」

泉宮寺也躲入掩蔽物中，排出彈殼，裝填新子彈。槙島不知不覺間出現在他身邊。

「我必須遺憾地告訴您，遊戲時間結束了。電波干擾器被破壞，公安局的主力部隊再過不久就會抵達這裡。」

「……我的獵犬被殺了。它被擊中、被破壞，那個男人終於展開反擊……」

「……泉宮寺先生？」

泉宮寺囈語般說道。

「……以前，我參與過許多開發中國家的基礎建設工程。愈危險的地方錢就愈多，在那種地方，武裝衝突隨時可能發生，做再多的狀況預測和危機管理也沒有幫助。有一次，我在工程現場遭到游擊隊襲擊，那已經是七、八十年前的事吧……」

泉宮寺的語氣介於自言自語和說明之間。

「我成了俘虜，和同事被迫玩俄羅斯輪盤，就和電影《越戰獵鹿人》一樣。一直哭叫個不停的朋友在下一秒鐘成了一團肉塊，他的血直接噴濺在我臉上，血腥味沾滿我全身。」

「…………」

「請別誤會，我是在說一段『美好的回憶』。」

「喀嚓」一聲填好子彈後，泉宮寺將槍管扳回原位。

「沒有比那次更讓我強烈感受到生命、感受到我還活著的體驗。現在，我好不容易又感覺到這顆機械心臟裡有熱血奔流……你卻要我『逃走』？這是多麼殘酷的行為啊。」

「接下來可就不只是一場『遊戲』了。」

「你說得沒錯。我過去身為獵人獵殺了許多獵物，但我現在想身為一名決鬥者，和那個男人對決……槙島，你不會是為了看我夾著尾巴逃跑，才搞那些小把戲吧？」

槙島靜靜地笑著說：

「……被您說中了。那麼，就讓我欣賞您的生命光輝直到最後一刻吧。」

3

狡噛確認主宰者的殘餘電量。在完全充滿電的狀態下，主宰者最多可發射四次。他剛才已發射分解槍，顯示殘彈數的量條減少了一格。

敵人＝玩家＝泉宮寺。

泉宮寺拿著獵槍從遮蔽處躍出，狡噛也從遮蔽物角落露出半截身體，發射主宰者。但是泉宮寺躲進排水溝，足以破壞人體的能量掠過半空中，沒能命中敵人。泉宮寺在溝中奔跑，衝上平緩的斜坡，邊拉近與狡噛的距離邊扣下獵槍扳機。首先是一槍。

狡噛立刻躲進遮蔽物，大量霰彈打中角落，碎片四散，其中一片淺淺割傷狡噛的臉頰而滲出血來。泉宮寺又扣下第二發，角落再次有一大片水泥被挖掉，但敵人的子彈也用盡了，狡噛不放過這個好機會，立刻衝出來。

「！」

狡噛跳上其中一塊構築地下迷宮的路障，從斜上方用主宰者的槍口對準泉宮寺。

泉宮寺才剛退出彈殼，重新裝填完子彈而已，發現自己被主宰者的槍口對準，急忙後退躲開攻擊。

狡噛開槍。

泉宮寺沒能成功閃避攻擊，在體內循環的人工血液沸騰起來，左手從內側破裂，人工肌肉和表皮碎裂四散。

「……唔！」

但泉宮寺也不甘示弱，立刻用右手舉起獵槍反擊。霰彈劃過狡噛身體，有幾顆射入狡噛的腹部與右大腿。

「嗚啊！」

狡噛摔落到路障的另一側。

失去一隻手的泉宮寺難以保持身體平衡，無法全力奔跑。他搖搖晃晃但快步地繞過路障，用右手舉起獵槍——但是狡噛掉落之處只見血泊。泉宮寺慎重注意四周是否有人躲藏，躡手躡腳地行動。

泉宮寺用強化夜視性能的義眼仔細觀察掩蔽物後方，慎重地前進。這裡不再是國王的狩獵場，而是成為戰場。他似乎聽見了什麼，高性能機械耳彷彿聽到某種不可能存在的幻聽：遙遠過往的戰場喧囂，槍聲與怒吼——以及被他殺死的獵物們淒厲的慘叫，不斷在他的人工頭蓋骨中迴盪。

泉宮寺發出陶醉的笑聲，不經意地看了腳下，發現還很新的狡嚙血腳印。

「……很快就要將軍了喔，執行官。」

泉宮寺循著腳印前進。

生鏽儲水槽的後方明顯有人躲著，泉宮寺可以聽見緊張而急促的呼吸聲——怎麼？對手完全嚇到了嗎？

泉宮寺迅速繞到水槽背後，用槍指向呼吸聲的主人，但是，蹲在那裡的卻是穿著狡嚙鞋子、披著狡嚙外套的「誘餌」——船原雪。

「……咦？」

泉宮寺一時愣住，他強化過的聽覺——

『犯罪指數．三二八．為執行對象……』

——隱約聽見主宰者的聲音。

狡嚙從儲水槽正下方翻滾出來。

泉宮寺改將槍口對準狡噛。

下個瞬間，泉宮寺的背部到後腦杓爆裂開來。

因為是人工身體，所以沒有變成絞肉，前半部仍保有原貌。泉宮寺維持一臉陶醉的表情，緩緩地倒下。

「好厲害……成功了！我們勝利了！」

「抱歉，讓妳冒險……」

仰躺在地上發射主宰者的狡噛試圖撐起身體，卻因為失血，意識逐漸朦朧。他的手失去力量，主宰者滑落地上，狡噛伸手想將之撿起，雪則用雙手輕輕包住他的手。

「從這裡出去後……妳要立刻去接受心靈治療……讓妳看見太多不該看的事物了……」

「我沒關係的……狡噛先生，因為你實在太棒了。我真的……真的非常感謝你……」

「我是執行官……是個潛在犯。妳應該有聽過吧？」

「那我也當個潛在犯吧。」

「別說傻話……」

話沒說完，達到極限的狡噛瞬間失去意識。

幾秒鐘的黑暗——兩眼朦朧——視野晃動——意識恢復——還不行，現在昏倒還太早。似乎聽到什麼吵鬧聲。爭吵——有人在爭吵的聲音。

「住手！放開我！」雪的抵抗聲彷彿從遠處傳來。模糊的視野中，見到有人把雪銬上手銬。人影——身材修長的年輕男人，似乎在哪裡見過這個人——佐佐山的照片？說不定這名男子就是「MAKISHIMA」……

「MAKISHIMA」用右手拖著被緊緊綁住的雪，左手拿起泉宮寺的獵槍用左腋夾住，順便靈巧地撿起備用彈藥帶。

「……狡噛先生！」雪哀聲求救。

狡噛拚命想爬起來，但身體就是不聽他的使喚，恰似在惡夢中不論怎麼動，腳都前進不了的感覺。

那個男人——「MAKISHIMA」朝狡噛微笑。

「改日再會吧。」

——開什麼玩笑。別走，等等——

4

朱和征陸沿著地下通道前進，追尋找到狡噛的裝備運輸多隆的蹤跡。但兩人找到的，卻是被強大力量撞扁的多隆，以及另一架只剩腿部的未登記多隆的殘骸。

殘骸怎麼看都是中了一發分解槍的成果，這裡勢必有過一場激烈的戰鬥。

「監視官，別掉以輕心，情況看起來太奇怪了。」

「到處都有彈痕……」

「是霰彈。好久沒看過使用火藥的槍械了……」

朱用行動情報裝置找到狡噛持有的主宰者信號。

「狡噛先生！」

這時，朱聽見宛如回音的求救聲從遠方傳來。

——來人啊！快放開我！

「……小雪！」

「這個聲音是？」

「是我那個失蹤的朋友！我和狡噛先生原本就是來找她的，只是沒想到居然會演變成這樣……」

朱和征陸快步往前，終於找到倒在地上的狡噛。

「……狡噛先生？狡噛先生！」

即使在黑暗中由遠處也可看出狡噛身受重傷。朱慌張地跑向狡噛，征陸則命令多隆掃描四周，警戒地守著朱和狡噛。看到因失血過多而臉色慘白的狡噛，朱也變得臉色發青。

「…………」

閉著眼睛的狡噛聽到朱的聲音後，身體顫動了一下。

朱在狡噛身邊蹲下。確認四周沒有敵人後，征陸也來探望狡噛的狀況。

「真慘……好幾個地方都掛彩了。小姐，妳會急救處理嗎？」

「訓練課程時做過幾次……但沒有實際經驗……」

「那就交給我吧。」

征陸站起來，呼叫裝備運輸多隆過來，從貨物收納區中取出急救用品，接著脫下外套、解開領帶、捲起袖子，準備動手急救。

「…………」狡噛蠕動嘴唇似乎想說什麼，但聲音很微弱。

「……什麼？」朱把耳朵貼近狡噛的嘴唇，總算聽見他的聲音。

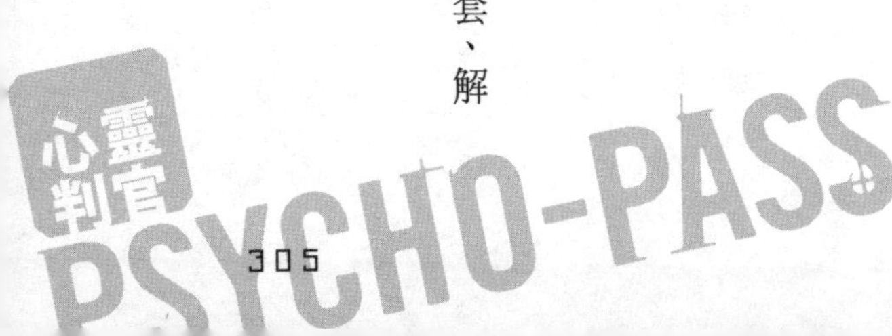

「還有另一個敵人……把妳的好朋友帶走了……」狡噛很虛弱，擠出最後的力氣指向狩獵場深處。

「小姐，妳讓開吧，我必須先幫他止血才行。」

朱站起來，朝狡噛所指的方向跑去。

「監視官！妳想幹什麼！」

「事件還沒結束！」

征陸想跟上朱，但也擔心瀕死的狡噛。他想追上常守朱給予支援，但放著狡噛不管，狡噛會死。現場的多隆不是手術專用的，這種機型頂多只能包紮繃帶、輔助輸血、進行心臟電擊和人工呼吸——就這麼多，因而止血和簡易縫合不自己來不行。征陸眉頭深鎖，煩惱了一會兒後——

「該死！」

征陸咒罵一聲，決定留下來進行急救處理。他從多隆拿出輸血用管線，動作流暢地進行急救，並用無線電聯絡其他人。

「這裡是獵犬一號。有人聽見嗎？」

破壞電波干擾器的滕和宜野座、六合塚會合後，他們開始追蹤狡噛與朱等人的主宰者信號，並且邊走邊讓多隆掃描四周，以收集證據與情報。移動中，六合塚透過螢幕確認掃描結果，不禁低聲呻吟：「這是怎麼回事……」

「發現了什麼？」宜野座問。

「血液反應。」多隆同時用燈光和紅外線進行照射，血跡在螢幕中顯示為白色。地下空間裡到處可見大量血跡。「……簡直像戰場……不只三人或四人……數十人……不，說不定死了上百人。」

宜野座皺起眉頭說：

「狡噛被引誘到這裡嗎……？」

六合塚也表情凝重地說：

「大量殺人……虐殺嗎？犯人的目的是什麼？」

「說不定是想玩遊戲吧？」

聽到滕這句話，宜野座和六合塚均一臉訝異地望向他。

「呃……來到地下後，我一直有這種感覺。這裡很像戰鬥遊戲的關卡。」

「如果是虛擬實境也就罷了……怎麼會有人想用活生生的人玩槍戰遊戲？」

宜野座表示無法相信。

「假如犯人真的是遊戲玩家，阿狡可說是最棒的戰鬥對手。」

這時，所有人的行動裝置都收到來自征陸的通信。

『這裡是獵犬一號，有人聽見嗎？』

「這裡是牧羊犬一號，狀況如何？」

『我找到獵犬三號了，他受到還活著簡直是不可思議的重傷。犯人不只一個人。一個被狡嚙用實彈槍解決了，但另一個人仍在逃亡中，牧羊犬二號單獨去追蹤了。請快點趕來！』

「該死……了解，你留在現場別動，我們立刻前往救援！」

通信結束。

「路徑設定完畢。」六合塚說。「能高速前往。」

「全速前進。」

宜野座、滕、六合塚三人跳上裝備運輸多隆。雖然乘坐起來不怎麼舒服，但多隆能在幾秒鐘內立刻加速到時速六十公里。

「看來這場爛遊戲……還沒有結束。」

襯衫和褲子沾了大量鮮血的征陸總算能鬆一口氣，好擦拭額頭的汗水，但又濕又黏的血汗沾到額頭，反而讓人搞不清楚為什麼要擦汗。征陸解下領帶，當作止血帶使用。狡嚙被多隆攜帶的蛋白質止血繃帶包得像是木乃伊，正在接受多隆輸血。

急救的效果很好，狡嚙緩緩睜開眼。

「身體很沉重……簡直不像自己的身體。」

「子彈還沒取出。我怕我一個不小心傷到大動脈的話，就真的會變成致命傷。你送醫後再交給專家處理吧。」

「……常守監視官去哪裡？」

「我也想知道啊。她突然跑出去。」征陸站起身來。「你的急救處理弄完了，我想立刻追上小姐。」

「我也去。」

「你是白痴嗎？」

「可是……」

狡嚙不顧自己身中多發子彈，仍想爬起來追上朱。征陸跨在狡嚙身上，牢牢抓住他的頭賞了他一記強力頭鎚。

「哇！」狡噛痛得掙扎，但因為掙扎，使槍傷部位痛得更劇烈，可說是劇痛的連鎖。

「抱歉……你明明受了重傷還這樣對你，不過我不想浪費時間了。連你都成了這副德性，老實說，小姐恐怕也很不妙。」

在地下空間響起多隆的疾馳聲、煞車聲，宜野座、滕、六合塚抵達了。

「征陸執行官！」

「時機真巧，監視官！壓住狡噛，別讓他亂跑！」

話一說完，征陸就趕著離開。

宜野座低頭看著因劇痛而表情苦悶的狡噛。

六合塚用多隆的螢幕確認狡噛的身體狀況。「幸好血止住了，暫時應該沒問題。」

「但他這樣不趕緊送醫還是會死吧？哇，我第一次看見有人被子彈打中耶……」滕說。

「嘖，真頑強的傢伙……」宜野座總算放心地鬆一口氣。

這時，當作交通工具的多隆發現地上的生化機器人殘骸，進行掃描。

「怎麼了？」

「似乎是被狡噛用實彈槍單獨解決掉的傢伙。」

多隆核對零件資料，螢幕立刻顯示出泉宮寺豐久的照片。

「泉宮寺豐久？」六合塚驚訝地說。

「什麼……狡噛戰鬥的對手是泉宮寺嗎！」

「……他是誰啊？」只有滕一頭霧水。

「你沒看過厚生省的推薦新聞嗎？」六合塚說。

「原來真的有人看那種東西喔？」滕說。

5

地下空間裡，從狩獵場更往深處走，有個施工到一半暫停的工程現場。這裡有許多錯綜複雜的窄道或類似吊橋的高處走道。朱氣喘吁吁地跑到這裡，很快在某個高處走道上發現了另一名犯人和雪。

「站住！」朱用主宰者瞄準男子，並用行動情報裝置表示身分。「我是公安局刑警！快拋下武器投降！」

男性罪犯回頭，用雪當作肉盾。

主宰者正對著雪，扳機自動上鎖。

『犯罪指數．五九．非執行對象．扳機將鎖上。』

「阿……阿朱……」

「小雪，等我一下！我馬上救妳！」

朱裝作若無其事地觀察左右，想試著接近犯人和雪，但是這附近的通道結構很複雜，無法一眼就看出該走哪裡才能通往犯人所在的走道上。

「啊，我認得妳這張臉。妳是公安局的常守朱監視官吧？」

男人開口，以彷彿任何事情到了他嘴裡都會變成故事的吟遊詩人般的聲音說道。

「就是你綁架雪的吧，竟敢這麼做……」

「我是槙島聖護，請多指教。」

「什麼……MAKISHIMA！」

「……原來如此，妳對這名字感到驚訝嗎？我自認犯案向來不著痕跡……真不愧是公安局，能力真好，揪到我的狐狸尾巴了嗎？」

男子有著宛若藝術品的美貌。過於俊美的臉龐，以及彷彿看過世界末日的預言者般的深邃眼神。但是，朱覺得他似乎欠缺了什麼。他就像是個外星人。出生於其他星球，吃截然不同的食物，接受以地球的常識難以想像、截然不同的教育所長大——所以是外星人。

「或者說，有能力的是狡嚙慎也嗎？」

「……你涉嫌多起重大案件，基於市民憲章，我要求你跟我回公安局一趟。」

「有事就在這裡講完吧，我們彼此都很忙。」

「……你以為你逃得了嗎？」

「妳不故意跟我多聊一點，好爭取救援到來的時間嗎？如果是經驗老到的刑警就會如此判斷……還有，妳說的多起重大案件是哪幾樁？御堂將剛？還是王陵璃華子？」

「果然……」

「我認為，人只有在基於自我意志行動時才具有價值，所以我才會質問隱藏在人們心中的真正意志，並觀察他們的行動。」

「少得意忘形，你只是個罪犯！」

朱憤怒地叫喊，但槙島只用微笑輕輕帶過。

「問題是，我們這個社會該基於什麼標準來定義犯罪？根據掌控著妳手上那把槍——主宰者——的希貝兒先知系統嗎？」

槙島用獵槍槍口對著雪，慢慢離開她身邊，朱立刻雙手緊握主宰者對準槙島。但是——

『犯罪指數．低於五〇．非執行對象．扳機將鎖上。』

「……咦？」

「分析用聲像掃描所讀到的生體力場，來解讀人心的型態……科學的智慧總算揭開了靈魂的祕密，使得這個社會劇烈改變。」主宰者竟然無法發揮作用，讓朱非常狼狽。槙島煞是有趣地觀察著她，繼續說：「但是希貝兒的判定裡，卻不存在人的意志。你們究竟是以何為基準來區別善惡呢？」

「你到底是……」

「我想看人類靈魂的光輝，想確認那是否是真正尊貴的事物。但是，從不自問自我的意志，只聽信希貝兒的神諭而活的人類，真的有那個價值嗎？」

槙島放下獵槍槍口，對朱拋出，獵槍落在朱的眼前。

「咦……？」

「難得有這個機會，我也來問問妳吧。問妳什麼是身為刑警該有的判斷和行動？」

兩手空無一物的槙島又抓住雪。他取出新手銬，將雪銬在通道的欄杆上。

「我現在要殺死船原雪這個女人，就在妳的眼前。」

「！」

朱再度試著用主宰者瞄準槙島。

『犯罪指數‧四八‧非執行對象‧扳機將鎖上。』

「想阻止我的話，就別用那把沒用的廢鐵，改用我剛剛拋給妳的獵槍吧。只要扣下獵槍的扳機，就能發射子彈。」

「我……我才不可能做這種事……因為你是……」

朱的聲音在發抖。不該發生的事正在發生，足以動搖自己過去累積的常識──不，社會常識──的事情正在發生。

「因為我是善良的市民嗎？因為希貝兒如此判斷嗎？」槙島帶著笑容，從懷中取出一把傳統剃刀。剃刀長約二十公分，刀刃很厚。如果只是狗脖子的大小，似乎能一刀砍下。槙島冷不防用剃刀割了雪的背部一刀。

「！」雪的背部被劃開一道直線傷痕，鮮血汩汩流出，她發出敲碎玻璃般的淒厲驚叫聲。

朱狂冒冷汗，喉嚨乾渴。主宰者依舊沒有啟動。

『犯罪指數‧三二‧非執行對象‧扳機將鎖上。』

「為……為什麼……」

「我自己也不知道為什麼。從我還小的時候就是這樣了，我一直感到不可思議呢。我的心靈指數色相向來純潔無瑕，一點汙濁也沒染過。」

槙島抓起痛苦掙扎的雪的頭髮把玩。

「我想，腦波、脈搏……這副身體的所有生體反應，都在肯定我這個人，肯定我的所作所為是健全善良的人所應有的行為。」

槙島平穩地說著，用剃刀梳弄雪的頭髮。

「住手……快救我……阿朱……」

雪以噙滿淚水的雙眼看著朱，苦苦哀求。

中學的時候，一開始是雪主動來和朱攀談。

「妳叫常守朱？妳的髮型好像香菇喔。」現在想來，那實在是很失禮的一句話。兩人的朋友關係就從這句話開始。雪常說：「阿朱妳真的很奇怪耶～」但朱自己才想這麼說。上高等教育課程時兩人繼續同班，「我有個心儀的男生，但色相判定遲遲沒有出現好結果！」聽她抱怨是朱和佳織的每日任務。雪未來的目標，是想當個專門販賣比賽的經驗資料或顯像動畫的職業運動選手，但是，她並沒有通過希貝兒先知系統的適性檢查，最後選擇的職業是健身房的健體顧問。沒通過適性檢查的那天、被迫放棄夢想的那天，雪在朱和佳織面前嚎啕大哭。幸好，系統選擇的職業的確很適合雪，她逐步邁向穩健的人生。

「……小雪！」

「希貝兒先知系統無法評斷我的罪。倘若有人能制裁我，恐怕只有——能憑著自我意志去殺人的人吧。」

朱體認到槙島是真心的，忍無可忍地撿起腳下的獵槍。她以右手舉起主宰者，左手舉起獵槍，兩把槍的槍口一起對準了槙島。

「現……現在立刻放開小雪！否則的話……」

「否則的話，我會被殺死。基於妳的判斷、妳的殺意，我會死。但也無妨，因為那是值得尊敬的結局。」

面對抖動的槍口，槙島從容不迫地笑了。

「怎麼？妳的食指感覺到人命的重量了嗎？那是身為希貝兒的傀儡時，絕對感受不到的決斷與意志的重量。」

「！」

恐懼與重量使得朱無法維持獵槍穩定，但是她也沒辦法放開右手的主宰者。

監視官不被允許使用主宰者以外的手段來殺害犯人，朱自己也絕對不願意違背主宰者的指示去殺人。用主宰者殺人的話，責任不會落在使用者身上，而是由「系統」來概括承受。

被主宰者所殺，等同於被全體社會所殺。

但是，如果是用獵槍殺死對方，就等於──

那個人是被她「個人」所殺害的。

『犯罪指數・低於二〇・非執行對象・扳機將鎖上。』

「笛卡兒曾說，無法下決定的人，不是慾望太強，就是悟性不夠……妳怎麼了？不好好瞄準的話，子彈會射偏喔。」

嘲諷地說完後，槙島收起表情，冷酷地看著朱。

「來吧，用絕對要殺死我的決心瞄準，拋掉妳的主宰者！」

「！」

朱不由得閉上眼睛。她無法捨棄主宰者，只能不穩定地用一隻手扣下獵槍扳機。槍口因後座力而上揚的瞬間，第二發子彈又射了出去。兩發都沒有命中槙島，霰彈完全射偏了。

「……啊……」子彈用盡的獵槍從朱的手中滑落。

「阿……阿朱……？」雪不明白現在狀況怎麼了。因為過度恐懼，思考能力也降低。

「……真遺憾，真是太遺憾了啊，常守朱監視官。」

槙島露出真心不滿的表情，抓住雪的頭髮強行讓她抬頭。

雪纖細的脖子露了出來，蒼白皮膚上微微浮現血管。

雪不停流汗與流淚，喉嚨隨著急促的呼吸而劇烈起伏。

「不要……救我，朱！」雪拚命抵抗，槙島一動也不動。

「妳讓我很失望，所以我必須給妳一點懲罰。」

「求求你……不要……」朱的聲音發抖，牙齒打顫。「我什麼都肯做。」

「常守監視官，我給妳思考真正正義的機會吧。」

槙島把剃刀抵在雪的喉嚨上，一口氣割下。

『犯罪指數．○──』

「住手！」

『──非執行對象．扳機將鎖上。』

喉嚨被橫向一刀割斷，雪的脖子遭到撕裂。槙島將噴湧大量鮮血的雪的身體從高處走道推下。她的屍體被手銬吊在半空中，手腕關節立刻脫臼，但因為雪已經死了，所以什麼慘叫聲也發不出來。

幾十分鐘後，狡噛在多隆搬運的擔架上醒來。

「醒了嗎？」

表情陰鬱的宜野座坐在他身邊。

「……常守監視官呢……？」

面對狡噛的疑問，宜野座努了努下巴，指向救護車。朱全身裹著毛毯，不住發抖，坐在運送空間後端，夢囈般不停碎唸著。

狡噛對宜野座說：「搬我上去。」

「…………」

宜野座點頭，對多隆下令。躺在擔架上的狡噛被搬進救護車中。

「……我對小雪見死不救……我對小雪見死不救……我對小雪見死不救……」

總算聽懂朱在講什麼。

狡噛不顧傷勢，勉強舉起右手，輕輕抓住朱的肩膀。朱嚇了一大跳，停止嘟囔。

「……發生什麼事？」

「……我和那個男人對峙過了。」

或許在聽到狡噛的聲音後恢復了冷靜，朱原本渙散的雙眼漸漸恢復理性的光芒。

「那個男人……」狡噛表情凝重。「MAKISHIMA嗎？」

「他的名字是——槙島聖護。主宰者對他……起不了作用。」

接續《PSYCHO-PASS 心靈判官（下）》

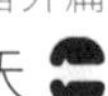

番外篇　偶爾色相不混濁的一天

滕秀星在他五歲的時候被指定為潛在犯。雖然他很想忘記，但當時父母悲痛的神情，到現在仍深深烙印在他腦海裡。之後，他被送進隔離設施，天天過著接受心靈治療與心理諮詢、服用壓力管理藥劑的日子。滕覺得自己像是一隻實驗動物。所謂的治療是否有「效果」其實很可疑，至少滕認為，自己的暴力性格反而是在設施裡「培養」出來的。究竟是雞生蛋，還是蛋生雞？因為是潛在犯所以變凶暴了，還是被當作潛在犯對待所以變凶暴了？

在滕十四歲的時候，有個中年男性諮詢師不懷好意地笑著對他說：「其實潛在犯也可以就職喔，其代表性的職業就是執行官。這是個守護健全市民的重要工作。」

健全市民？被他們當成實驗動物對待的潛在犯要保護他們？滕愈聽愈火大，跳過桌子搶走諮詢師手裡的平板型電子病歷表，將板子的角朝他臉敲下去，打斷他的鼻梁。滕不打算當執行官，也不認為自己能當上。

＊

「阿縢，你還是一樣很會做料理耶。」

公安局執行官宿舍裡，朱監視官又來縢的房間玩了。縢在廚房準備料理，今天的主題是「甜點」，他正在製作生乳酪蛋糕要請第一分隊所有人。他將乳酪糊調味，打泡，加上吉利丁，倒進鋪滿餅乾底的蛋糕模子裡，放進冰箱冷藏，總算告一段落。

「雖然由我這個之前吃得不亦樂乎的人來說有點奇怪……」朱說：「你不覺得親手做菜，要計算卡路里很麻煩嗎？」

「那又怎樣？」縢故意表現得很輕浮地說：「反正人不管吃什麼都會死。就算有完美的餐飲、完美的醫療……不管做多少努力，人終究會死。」

「…………」

「重要的是過程啊，小朱。就是為了好好享受這段從生到死的漫長旅程，人們才特地費功夫做料理。請叫我料理偶像吧。」

「我才不要。」

「話說，監視官大人今天紆尊降貴地光臨本獵犬的牢籠有事嗎？目前我們分隊到下個案件

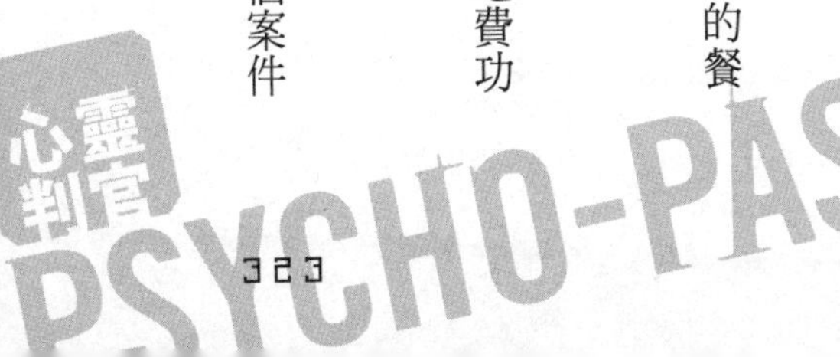

發生前都是自由活動吧？」

「我只是在想……你或許知道狡嚙先生在哪裡。」

「只要用監視官的行動裝置，就能立刻能找到執行官的位置吧？」

「總覺得……除了工作或緊急狀況，我不怎麼想用那個功能。總覺得……」

「『總覺得』？」

「不，沒事。」

朱裝作沒事，不過縢知道她想說的是，那樣總覺得很像在監視。

沒錯，小朱，妳就是負責監視、飼養我們這些動物——這些獵犬的主人啊。但縢也認為會想掩飾這點，正表現出朱的良心。

縢心想，朱恐怕是他目前為止遇過最「正常」的「健全市民」吧。

「那還用說嗎？阿狡當然在訓練室裡。」

宜野座在刑事課辦公室整理執行官們的報告。

「縢那傢伙……這篇報告簡直跟垃圾沒兩樣……真是的。」

縢提出的報告向來很糟糕，但今天特別嚴重，內容偷工減料，只想用影像資料蒙混過關。

他把監視器影像和犯罪現場的顯像照片資料複製貼上，文章量徹底不足。

宜野座認為報告最重要的是誠意和說服力，必須說服對方自己有多麼認真在做事、多麼冷靜地面對事件，這才是真正美麗的報告。為了達成這點，需要的是大量「言語」。要把自己的努力、自己的奮鬥完整地勾勒出來。

話說回來，縢曾經當著宜野座的面喊他「嘮叨眼鏡小哥」，宜野座沒有比那時更希望監視官擁有拷問執行官的權力。

「…………」

辦公室裡沒有其他人，第二分隊和第三分隊這幾天去維持都內治安。執行官們基本上算是休假，而朱也早已完成自己的工作，到處遛達。

「好歹幫忙一下前輩的工作嘛……」宜野座喃喃抱怨，不經意地用行動裝置確認執行官們的位置，立刻發現狡噛和征陸在一起。那個笨蛋又在幹嘛？宜野座不禁皺起眉頭，心想這些人老是做些讓人煩躁的行動。

「不行，我要冷靜下來……」宜野座暫停工作，打開辦公桌抽屜，取出硬幣收集冊。宜野座自知這是個過時的興趣。「呼……」他打開收集冊，看看這個年代已幾乎無人使用的硬幣來放鬆心情。數十年前廢止的五百圓硬幣或紀念活動用的千圓硬幣整齊排列在冊子裡，其中也有

老舊的紙鈔。宜野座遙想必須隨身攜帶如此不便的東西的古人，不知道他們當年作何感想？硬幣或紙幣這種東西，除了觀賞用還能有其他用途嗎？宜野座想像古人度過的麻煩生活，不禁露出微笑。

狡噛和征陸在訓練室的搏擊訓練場進行練習。以過去警察署的用詞來說明，這裡便是「武道場」。室內沒有鋪榻榻米，而是全面鋪上衝擊吸收墊。訓練室裡設置了顯像虛擬戰鬥模擬器，和最尖端、AI管控的肌肉訓練系統。

狡噛和征陸抓住對方，進行徒手搏擊練習。兩人都穿著綜合格鬥家風格的訓練服，手上帶著半指手套。

兩人擒著對方的腋下與腰帶。征陸出腿，想把狡噛摔出去，但狡噛挺住了。

「都一把年紀了，可真有精神啊。」

「別小看我這個柔道三段。」

「大叔，現在沒人講『段』了喔。」

征陸壓低身體，一瞬鑽入狡噛的懷裡，接著用力背起對手、摔投出去。由於訓練服不同於柔道服，沒有「領子」，所以用的是角力方式的過肩摔。狡噛想撐住卻辦不到。

「唔！」狡噛被摔了出去，只能勉強用護身倒法著地，毫無招架之力。

「還想玩嗎？」

「……………」

狡噛什麼也沒說，爬起來再度和征陸展開比試。他馬上使出奇襲招式，手貼地上、兩腳躍起，使出柔道的招式「蟹夾」，用兩腳夾住征陸的身體，一瞬間就將他摺倒。

「！」

狡噛反轉身體，抓住征陸的腳關節，毫無一絲多餘的動作、行雲流水地壓制住征陸的阿基里斯腱。

「果然年紀大了，你剛才疏忽了吧？」

「該死！」

訓練室有挑高設計的二樓，縢和朱從二樓俯視狡噛他們的訓練情形。

結果縢還是跟朱一起來了，反正蛋糕已經製作完畢，接下來只等放到冰涼便完成了。來看看滿身是汗的狡噛倒也不賴。

看著狡噛身穿訓練服的模樣，縢想起自己剛成為執行官的事情。

＊

佐佐山執行官被殺，狡噛被降格為執行官後不久，待在隔離設施的滕被選拔為執行官——也就是說，是為了填補佐佐山的空缺。說是填補空缺，倒也不是濫竽充數，選拔花了半年之久。這段期間裡，只有滕確實通過希貝兒先知系統的適性判定。由於滕在設施的品行很差，負責照顧他的職員或諮詢師們無不對這個事實感到驚訝。

滕對「守護」這些「健全市民」的工作毫無興趣。市民們只是一群廢物，是連自己的生活被怎樣的人——不被他們當成人的人——所支撐著也一無所知的混蛋。

但滕還是成了執行官，因為他想呼吸外頭的新鮮空氣，就算馬上會被送回設施也無妨。他打算自由自在、隨心所欲地做自己想做的事。

滕被發配到第一分隊時，監視官只有宜野座一人，執行官則有狡噛、六合塚、征陸。搜查的主力是第二、第三分隊，其他分隊的監視官偶爾會被派來支援第一分隊。

滕只憑第一印象就知道狡噛不好惹。雖然征陸也很棘手，但滕判斷他是只要不去主動招惹就井水不犯河水的類型。

「狡噛執行官，你有空嗎？」

「……幹什麼？」

「能陪我做搏擊練習嗎？」

滕把狡噛叫去訓練室。兩人換上容易活動的衣服，戴上手套。

「我只是在想，彼此都是潛在犯，與其囉哩囉唆地說明，像這樣直接打一場應該更容易理解彼此。」

「早說嘛。」狡噛露出凶猛的笑容。「你叫滕秀星？你覺得只要打倒我，就能當上刑事課第一分隊的老大嗎？真是個壞孩子。」

「你懂的話，事情就簡單了。你或許是前輩，但讓我們用實力來決定地位吧。」

滕覺得自己一定能輕鬆獲勝，因為聽說他的對手狡噛以前是監視官，最近才被降格為執行官。雖然狡噛現在是個潛在犯，但長期身為菁英分子，根本不可能是在封閉環境中不斷自我鍛鍊的滕的對手——

二十分鐘後，滕差點失去意識。如果就這樣昏睡過去應該很舒服吧，但劇烈的疼痛把他拉

回現實。

「抱歉，扭斷你的手了。」休息中的狡噛邊抽香菸邊說。當然，狡噛也不是毫髮無傷，他身上四處流血，肋骨也骨折了。「……不過這裡的醫生醫術很好，還有最尖端的手術系統，傷勢痊癒的速度保證會讓你嚇一跳。」

「你到底是什麼人……」縢用另一隻手保護骨折的右手，勉強撐起上半身。「你不是菁英分子嗎？為什麼會那麼強？」

「因為我該做的事情太多了啊，新來的。」

狡噛在縢身旁坐下。

「你挺強的嘛。」

「……謝啦，狡噛執行官。」

「我也不是不了解隔離設施裡的狀況。執行官的工作很有趣喔，縢。」

「狡噛執行官，你——」

「這麼稱呼我太見外了。」

「咦？」

「你可以叫得更熟絡一點。我們現在是同事，我已不再是菁英了。」

「好，那我叫你『阿狡』吧。」

「嘖，那又太隨便了吧？」說歸說，狡嚙仍輕拍縢的肩膀。雖然他的動作很輕，但震動到縢斷掉的骨頭，又讓縢痛得打滾。

＊

朱走到訓練室一樓和狡嚙說話。縢心想，除了嘮叨眼鏡小哥以外，總算來了一位很棒的監視官。「健全市民」的世界還是一樣令人看了滿肚子火，執行官的工作卻讓縢樂在其中——不是做為市民的護盾，而是做為一隻獵犬。雖然同樣很不自由，可是，如今比起隔離設施已是天堂和地獄的差別。至於宜野座，雖然縢偶爾會說說他的壞話，但不是真心討厭他。見到六合塚也覺得假如自己有姊姊，或許就是那樣子的感覺吧。還有，征陸很可靠。縢想，這裡就是自己的容身之處。

參考資料、引用文獻

《一九八四》　喬治・歐威爾 著、高橋和久 譯（早川epi文庫）

《泰特斯・安德洛尼克斯》　威廉・莎士比亞 著、小田島志雄 譯（白水U-BOOKS）

《第十二夜》　威廉・莎士比亞 著、小津次郎 譯（岩波文庫）

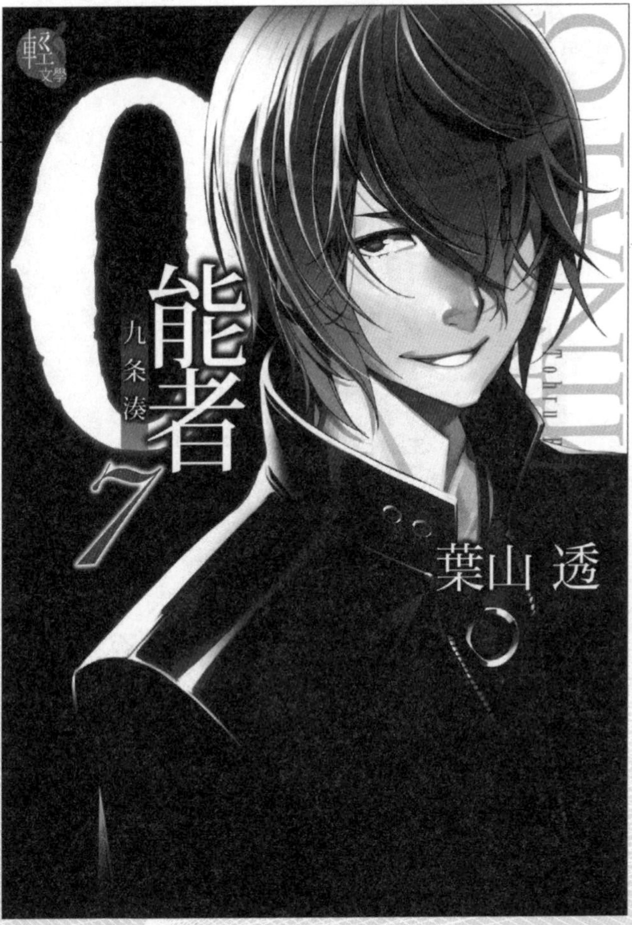

毫無靈力的0能者VS.夢魘般的7人索命集團
以數學理論，竟能降服千年異怪？

0 能者九条湊 1~7

葉山 透／著　邱鍾仁／譯

「輪替七鬼」是由七名亡靈組成的異怪集團，一直在尋求靈魂頂替而四處獵殺人類。聽說了這則謠傳的一組記者，在夜路碰到唱著搖籃曲的神祕女子，就此遭「輪替七鬼」纏上。為了解決「輪替七鬼」，孝元找上湊協助。看「0能者」如何以異想天開的方法進逼異怪！

定價：各 NT$220~260/HK$68~78

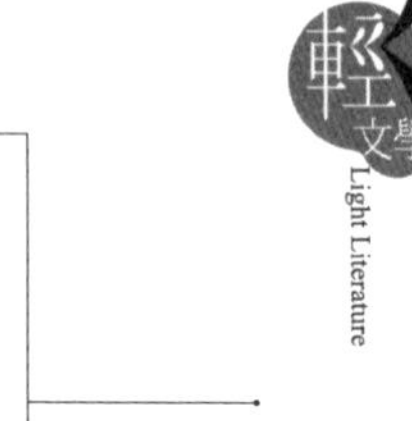

超完美小說家培育法

「何謂全世界最有趣的小說？」
「當你讀過這本小說，就再也回不去了。」

野﨑まど
Mado Nozaki

想要閱讀超越一切的小說，
就需要能超越一切的作家——

超完美小說家培育法

野﨑まど／著　林星宇／譯

新人小說家物實收到人生第一封粉絲信，一位名為紫依代的女大學生，聲稱自己腦中有「全世界最有趣的小說」點子，並希望物實指導她寫出小說，但在小說課中，紫顯露出種種異狀——直到一名裝扮奇特的女子找上物實，他才知道，異狀背後隱藏的真相遠超乎他的想像……

定價：NT$220/HK$68

國家圖書館出版品預行編目資料

PSYCHO-PASS 心靈判官 / 深見真作；林哲逸譯 .
-- 初版 . -- 臺北市：臺灣角川 , 2016.03-
冊；　公分
譯自：PSYCHO-PASS サイコパス
ISBN 978-986-366-971-5(上冊：平裝)

861.57　　　　105001225

PSYCHO-PASS 心靈判官（上）

原著名＊PSYCHO-PASS サイコパス（上）

作　　者＊深見真
譯　　者＊林哲逸

2016年3月24日　初版第1刷發行
2020年6月9日　初版第3刷發行

發 行 人＊岩崎剛人
總 經 理＊楊淑媄
資深總監＊許嘉鴻
總 編 輯＊呂慧君
副 主 編＊溫佩蓉
設計指導＊陳晞叡
印　　務＊李明修（主任）、張加恩（主任）、張凱棋

台灣角川

發 行 所＊台灣角川股份有限公司
地　　址＊105台北市光復北路11巷44號5樓
電　　話＊（02）2747-2433
傳　　真＊（02）2747-2558
網　　址＊http://www.kadokawa.com.tw
劃撥帳戶＊台灣角川股份有限公司
劃撥帳號＊19487412
法律顧問＊有澤法律事務所
製　　版＊尚騰印刷事業有限公司
I S B N＊978-986-366-971-5